OBRAS DE JORGE DE SENA

OBRAS DE JORGE DE SENA

TÍTULOS PUBLICADOS

OS GRÃO-CAPITÃES
(contos)

ANTIGAS E NOVAS ANDANÇAS DO DEMÓNIO
(contos)

GENESIS
(contos)

O FÍSICO PRODIGIOSO
(novela)

SINAIS DE FOGO
(romance)

80 POEMAS DE EMILY DICKINSON
(tradução e apresentação)

LÍRICAS PORTUGUESAS
(selecção, prefácios e notas)

TRINTA ANOS DE POESIA
(antologia poética)

DIALÉCTICAS TEÓRICAS DA LITERATURA
(ensaios)

DIALÉCTICAS APLICADAS DA LITERATURA
(ensaios)

OS SONETOS DE CAMÕES E O SONETO QUINHENTISTA PENINSULAR
(ensaio)

A ESTRUTURA DE «OS LUSÍADAS»
(ensaios)

TRINTA ANOS DE CAMÕES
(ensaios)

UMA CANÇÃO DE CAMÕES
(ensaio)

FERNANDO PESSOA & C.ª HETERÓNIMA
(ensaios)

ESTUDOS DE LITERATURA PORTUGUESA - I
(ensaios)

ESTUDOS SOBRE O VOCABULÁRIO DE «OS LUSÍADAS»
(ensaios)

O REINO DA ESTUPIDEZ - I
(ensaios)

O INDESEJADO (ANTÓNIO, REI)
(teatro)

INGLATERRA REVISITADA
(duas palestras e seis cartas de Londres)

INGLATERRA
REVISITADA

Título original: *Inglaterra Revisitada*

© Mécia de Sena — Edições 70, Lda., 1986
Capa de Edições 70
EDIÇÕES 70, LDA. — Av. Duque de Ávila, 69, r/c Esq.
1000 LISBOA — Telefs. 57 83 65 - 55 86 - 98 - 57 20 01
Telegramas: SETENTA — Telex: 64489 TEXTOS P
Delegação no Norte: Rua da Fábrica, 38-2.º, sala 25
4000 PORTO — Telef. 38 22 67
Distribuidor no Brasil: LIVRARIA MARTINS FONTES
Rua Conselheiro Ramalho, 33-340 — São Paulo

Esta obra está protegida pela Lei.
Não pode ser reproduzida, no todo ou em parte,
qualquer que seja o modo utilizado, incluindo fotocópia
e xerocópia, sem prévia autorização do Editor.
Qualquer transgressão à Lei dos Direitos de Autor,
será passível de procedimento judicial.

JORGE DE SENA

INGLATERRA REVISITADA

(Duas Palestras e Seis Cartas de Londres)

edições 70

INTRODUÇÃO

O fascínio que a Inglaterra exerceu em Jorge de Sena, foi, ao longo da sua vida, largamente patenteado em críticas, ensaios, traduções, conferências, mesmo em poemas. E não menos o foi pelo gosto com que sempre a visitou e onde, como disse uma vez, encontrou o país ideal para viver-se e ter saudades de Portugal.

O que aqui se reúnem são as crónicas que, sob a rubrica «Cartas de Londres», foram lidas (num dos casos, por Alberto de Lacerda) aos microfones da BBC, quer directamente, quer em gravação previamente feita. Infelizmente, ao que me foi dito, estas gravações não existem já nos arquivos, pelo que ficou perdida uma entrevista também feita nesta mesma altura — rotina ou reflexo daquela pouca importância de que Jorge de Sena precisamente fala num dos textos?

Para enquadramento destas «Cartas» pareceu-nos por bem incluir neste conjunto duas palestras que, ambas realizadas no Instituto Britânico do Porto, constituíam por assim dizer resumos de duas longas e outonais estadias feitas por Jorge de Sena, em 1952 e 1957, com portanto o intervalo de cinco anos, no Reino Unido. Mas, na inclusão, alterámos a ordem cronológica das «Cartas» com a primeira palestra portuense porque assim servirá esta de preâmbulo e melhor ainda servirá para situar num plano cultural e afectivo, que era já existente, as impressões de visitante que então se lhe seguem.

De resto, esta viagem de 1952 foi importantíssima para Jorge de Sena, não apenas pela satisfação de finalmente rea-

lizar um velho sonho de visitar esse país cuja cultura lhe era tão particularmente querida, como porque o contacto com o país e o bastante que então nele viajou, a possibilidade que teve de percorrer os seus magníficentes museus, lhe abriu horizontes que ele suspeitava mas nunca conhecera. E, logo na segunda «Carta», ele aponta com entusiasmo obras de arte que lhe foi finalmente dado ver, algumas das quais menciona como das que mais o impressionaram. Algumas dessas nomeadas obras de arte vieram a ser, no mínimo sete anos mais tarde, transpostas poeticamente, o maior núcleo de poemas que constituem Metamorfoses. *É de notar que se algumas destas obras de arte Jorge de Sena reviu, em 1957, a quando da sua segunda visita, a maior parte delas as não voltou a ver senão depois de escritos e publicados os poemas a que deram origem, quando e se alguma vez as reviu.*

Foi, por sinal e precisamente na segunda viagem a Inglaterra, em 1957, que Jorge de Sena conheceu pessoalmente Manuel Bandeira e que com ele visitou Dame Edith Sitwell que, pela mesma mão de Alberto de Lacerda, que a ela conduzira o poeta brasileiro, conhecera já na sua primeira estadia, em 1952, e sobre cuja poesia, que muito admirava, escrevera e traduziu mais do que uma vez.

O texto da primeira palestra do Instituto Britânico oferecia alguma dificuldade de publicação. É que, cinco anos depois, às vésperas da sua partida para Inglaterra, onde iria participar de um curso sobre betão armado, a convite do British Council, Jorge de Sena transformara o primeiro quarto da palestra em artigo que publicou no Suplemento Literário *do* Diário de Notícias. *Para esta adaptação não só suprimira algumas linhas do começo, como fizera alterações ou correcções no texto, do mesmo passo que lhe escrevia um pequeno remate. Não se justificando a publicação dos dois textos, decidimos usar o texto original apondo, em parêntesis recto, os pequenos acrescentos e intercalando no texto as ligeiras alterações que claramente constituíam uma revisão desse texto. O final do artigo, que não fazia sentido intercalar, será reproduzido na respectiva nota bibliográfica, com a indicação de onde foi inserido.*

Na segunda palestra — Inglaterra revisitada — Jorge de Sena lera parte de uma crónica de Manuel Bandeira. Em lugar de a reduzirmos à citação, entendemos por bem reproduzi-la integralmente, em apêndice, não só pelo saboroso dela como porque mais amplamente se compreenderão as alusões feitas no texto da conferência.

Grata fico, uma vez mais, a Joaquim-Francisco Coelho que me apoiou com o seu conselho amigo e a sua sempre pronta colaboração.

Santa Barbara, 1 de Maio de 1983

e 14 de Outubro de 1985.

MÉCIA DE SENA.

VIAGEM À VOLTA
DA LITERATURA INGLESA
COM ALGUMAS INCIDÊNCIAS
SOBRE A SITUAÇÃO DA CULTURA

Ao ter-me sido posta a perspectiva de efectuar uma palestra aqui, longamente hesitei na escolha do meu tema. A que propósito falaria agora de um escritor inglês? Eu, que não sou nem procuro ser um erudito, viria esboçar um escorço das relações entre as literaturas inglesa e portuguesa? De resto, devo dizer que cada vez menos acho interessante ou importante o que impressionisticamente possamos dizer de um autor qualquer. E só um cuidado estudo fenomenológico [e histórico] poderá, até certo ponto, transcender o que, cientificamente, não passará [quando muito] de um belo ou inteligente trecho de prosa. Quanto aos estudos comparativos e de correlação de influências, cada vez mais me parece que, em geral e por própria natureza do critério seguido, ultrapassam de muito a realidade ou ficam bastante aquém dela. Com efeito, não é só fácil comparar tudo com tudo; é até sempre de grande efeito a criação de um panorama histórico em que os autores aparecem como se tivessem passado a vida a ler-se uns aos outros, com a preocupação de desenvolver e aprofundar a expressão que os antepassados lhes legaram. Há muito de erro nesta visão, que, aliás, corresponde a alguma verdade. E, no caso peculiar da nossa literatura em face da inglesa, tomaria aspectos de absurdo, dado o carácter unilateral e fragmentário das relações culturais.

Não houve nunca e não há hoje, fora de pequenos círculos oficiosos ou do interesse individual de alguns escritores ou estudiosos, qualquer importância da língua portuguesa na cultura inglesa: os tradutores de Camões, [as notas

13

de Beckford,] as referências de Byron, os escritores de Southey, a morte de Fielding [e os seus ossos hipotéticos, ali à Estrela], os estudos recentes de Entwistle ou de Sir Maurice Bowra, mesmo o intercâmbio que se teria esboçado na corte de D. João I e de D. Filipa de Lancastre, nada disso chega para constituir [o que é costume chamar] uma tradição. Aos olhos do inglês culto, a literatura portuguesa não se separa nitidamente da literatura espanhola, cujo prestígio continua a ser, aliás justamente, [com Garcia Lorca a mais,] o do seu *Siglo de Oro.*

Não se pode dizer que, do nosso lado, a situação tenha sido alguma vez muito mais brilhante, e deve até dizer-se que é raro o escritor português de qualquer época que tenha possuído uma visão não precipitada nem ocasional da literatura inglesa, e que, a tê-la possuído, a não haja obtido por visão indirecta, dado que a língua inglesa nunca ocupou — e foi uma infelicidade nossa! — um lugar de relevo na cultura dos portugueses, que pudesse ombrear com a importância de que o italiano, o espanhol e o francês gozaram [em épocas diversas]. [Os casos de Garrett, Herculano e Júlio Dinis, calistos nas selectas primárias, podem incluir-se na generalidade acima exposta; e o de Fernando Pessoa é a excepção que confirma a regra. A situação modificou-se muito, na aparência, depois da última guerra. Citam-se muito os autores ingleses e escreve-se muito sobre eles. Mas talvez isso decorra de nas gerações recentes se sofrer mais agudamente do pendor para a leviandade desonesta, que sempre mais ou menos caracterizou a intelectualidade portuguesa.] Não é isto pessimismo da minha parte. Poderei enganar-me, mas a verdade é que, de resto, sucede o mesmo com todas as literaturas entre si ... Haverá muitos ingleses cultos que tenham da literatura francesa ou alemã uma visão adequada? E haverá muitos franceses que, mesmo dos mais ilustres, não digam da literatura inglesa disparates capazes de fazer rir o menos *scholar* dos ingleses cultos? Os homens chamados *cultos* [, ou que por tal tentam passar,] primam em geral, e com a maior inocência, por uma petulância e uma suficiência que os torna cegos a vários aspectos essenciais ou lhes diminui aquela curiosidade humilde sem a qual se não penetra no espírito do nosso semelhante de maneira a não encontrar nele o que obstinadamente queremos lá ver. Sem dúvida que o prestígio europeu de Shakespeare, tão desenfreado durante o romantismo, corresponde a uma veneração que os próprios ingleses partilham [(menos os que ainda se recordam, como nós com *Os Lusíadas*, de terem tido na escola a obrigação de dividir as orações de *A Tempestade* ...)] e que Shakespeare inteiramente merece. Mas não assentava grande parte desse prestígio numa ridícula ignorância do que tinha sido a Inglaterra isabelina e jacobita e até do próprio extraordinário poeta da língua inglesa que Shakespeare tinha sido? Essa grandeza, que em Shakespeare se via, não era exactamente a sua verdadeira grandeza, mas outra, obtida à custa da supressão [, só entre os dramaturgos,] de figuras tão grandes como Marlowe, um dos mais notáveis poetas da grandeza trágica do homem que a Renascença produziu; como Ben Jonson, como Webster, como tantos outros.

Mas, a suficiência das culturas, por outro lado, ainda é tanto maior quanto mais pretensamente elaboradas essas culturas têm sido, mais complicadas de um isolacionismo [nacionalista] que, se correspondeu à realidade geral [dos tempos modernos,] está longe de reflectir a situação particular dos indivíduos de que essa realidade se compôs. Um Coleridge, que tanto devia à filosofia idealista alemã do seu tempo, não preferia ver-se, em estética, como um continuador de Burke, que muito possivelmente ele encontrara através dos comentários de Kant? As histórias inglesas da literatura dão o devido relevo à importância que o simbolismo francês teve na eclosão do esteticismo e até do movimento nacionalista irlandês? Em contrapartida, terá, na inspiração inicial de um T. S. Eliot, Jules Laforgue um significado tão elevado quanto o próprio Eliot tem deixado que se reconheça?

Por outro lado, os interesses específicos das culturas [ou dos seus arautos], atribuem ou reconhecem valores que, fora de determinadas circunstâncias, deixam de ser mantidos. Lord Byron foi, durante mais de um século, imagem acabada e ilustre do Romantismo para toda a Europa e para as Américas, [Goethe inclusive,] enquanto a Inglaterra escandalizada fingia ignorá-lo [ou avantajava os seus aspectos medíocres, que são muitos]. E quem hoje na Europa admira em Byron, pelo menos, o pessoalíssimo continuador de Pope que a Inglaterra procura actualmente admirar nele? Não foi há meia dúzia de anos que [a velha] George Eliot [, coitada,] conheceu em Portugal um êxito que só por complacência histórica os ingleses ainda lhe garantem? [Não sem razão dizia dela Lord Cecil, a propósito de *Middlemarch*, que era o que de *Guerra e Paz* lá se pudera arranjar...] Que país da Europa reconhece em E. M. Forster o grande romancista que a Inglaterra venera, desde que há trinta anos ele romanescamente se calou? E será justa a categoria que a França, com a sua pedantaria intelectual, tem atribuído a Charles Morgan, ao autor de *Sparkenbrooke*, essa categoria que, em Inglaterra e mais modestamente, só agora começa a ser-lhe dada? E, para o continente europeu, [mesmo para a Alemanha que o acolheu tão bem,] o significado do teatro de um Bernard Shaw estará tão ligado ao triunfo do exibicionismo quanto, agarrados às circunstâncias históricas da renovação do teatro inglês dos fins do século passado, e até à própria fraseologia shawiana, os críticos britânicos se obstinam em ver? Quem, na Europa continental, plenamente saboreia, à margem do teatro isabelino e jacobita, a prodigiosa floração da poesia lírica desse tempo? Qual é o prestígio, fora da língua inglesa, de um John Donne, uma das mais extraordinárias figuras de poeta que em qualquer língua tenha escrito? E será que a Inglaterra aceitou sempre, com olhos de ver e sabor de linguagem, a categoria dos *metaphysical poets*? Quem em Portugal, ontem ou hoje, soube, mais do que de nome, da existência de um Robert Browning? E Thomas Hardy e Georges Meredith não é agora que têm sido traduzidos em França e em Portugal? [Duas ou três pessoas? Vinte?]

Nesta altura, estarão todos VV. Ex.ᵃˢ perguntando a si próprios a única pergunta que eu ainda não fiz: se não será a altura de deixar eu de perguntar, para responder alguma coisa. Devo confessar-vos que era exactamente aí que eu queria chegar. É que, de todas estas perguntas e de tantas outras que, interminavelmente, eu poderia fazer, uma resposta resulta, que eu expressamente desejava que surgisse no vosso espírito. Uma resposta que é o contrário daquilo que qualquer cultura, pela boca dos seus representantes vos daria. É preocupação de todos nós, sempre, fazer supor, porque o queremos supor, que as culturas são elas mesmas uma resposta unívoca, independentemente das épocas e das pessoas a quem a resposta é dada. Não há história da literatura de qualquer país que se não esforce por definir, tão singela e nitidamente quanto possível, uma resposta dessas. Sem dúvida que essa mania da resposta é um factor importante que o investigador da história da cultura não pode

16

ignorar. Sem dúvida alguma, também, que não pode ignorá-la para a considerar apenas um factor tão importante como os outros que lhe digam exactamente o contrário. Há de resto, e não só entre nós, portugueses, inúmeras confusões nestas matérias. Os historiadores da cultura são, na maioria dos casos, historiadores da literatura, cuja importância e significado no complexo cultural são levados a sobrestimar, com a agravante de nem sempre atentarem na influência que as outras artes ou formas literárias ligadas a elas possam ter tido na evolução da própria literatura que com cultura identificam. Por outro lado, aqueles historiadores que, embora da literatura, mais enfaticamente se preocupam com o que entendem por cultura no mais genérico sentido serão levados a valorizar historicamente inúmeras obras, inúmeras formas de diversão, etc., que espelham, de uma época, o que nela apenas foi *não-cultura*. Recentemente, em Portugal, tem havido, de certos sectores, a preocupação de não considerar como literatura senão certas formas tidas como superiores dela, nomeadamente a poesia e a ficção, entendendo-se ainda por *ficção* aquelas formas literárias consagradas pelos romances franceses e ingleses do século XIX. Considerada por este critério, comparada com a extraordinária floração romanesca da época vitoriana e pós-vitoriana, a literatura portuguesa é pobríssima, apenas um alfobre de míseros poetas e de criaturas que, por engano, teimavam em escrever em prosa. Claro que, por um critério destes aplicado à literatura inglesa, não sei onde haveríamos de arrumar toda aquela numerosíssima falange de escritores que constituem o *background* da literatura inglesa e que se dedicaram a coisas vagamente classificadas como *biography*, *essays*, *belles-lettres*. Não haverá, numa literatura inglesa escrita como tais historiadores vêem a literatura, lugar para tão subtis e importantes escritores como Boswell, Charles Lamb, Thomas De Quincey, Samuel Pepys, Thomas Browne, Joseph Andrews ou mesmo um John Bunyan, para citar apenas ao acaso.

Entendamo-nos, pois. Cultura não é literatura — e quase poderia dizer-se que cultura literária não é, em si mesma, senão um aspecto inferior da cultura, em que, em certas épocas socialmente equilibradas, é possível confinarem-se aqueles grupos sociais cuja *cultura genérica que não têm* é garantida pelo funcionamento harmónico de uma ampla estrutura social que não sente ainda as suas contradições.

A cultura da época vitoriana, seríamos tentados a vê-la, assim, através dos olhos generosamente humanos de um Dickens ou serenamente satíricos de um Thackeray. Mas onde meteríamos todo o prodigioso desenvolvimento científico da Inglaterra desse tempo, ou o crudelíssimo *The way of all flesh*, de Samuel Butler? Ou essas feiticeiras do *Macbeth* que são as irmãs Brontë?

Neste ponto, se me permitem vou inserir uma pequena história autêntica. Recentemente, em Inglaterra, e falando-se de Dickens, uma pretensiosa senhora sorria com piedade da minha estima por Dickens. Dizia ela que só ingleses podiam perfeitamente compreendê-lo, estimá-lo e amá-lo. Se mo permitem, acrescentarei uma outra história, que me serviu de consolação: tendo mandado traduzir para inglês um breve artigo que tive a honra de lhe dedicar, a «Doctor» Edith Sitwell, que admiro como um dos maiores poetas do nosso tempo, agradeceu-me dizendo que eu dissera dela, em Portugal, precisamente aquilo que ela, em Inglaterra, há muito esperava ouvir.

Estas duas histórias — de que peço perdão, não por vaidade que, como poeta que julgo ser, não é no que elas significam que eu ponho, mas unicamente pelo que de excessivamente pessoal possa conter o referi-las — documentam perfeitamente o que a maioria dos ingleses sente perante o interesse manifestado por estrangeiros. Creio ser da experiência do contacto com o povo inglês em geral, e não apenas com as camadas cultas, a displicência com que aceitam a nossa compreensão do *english way of life*, como se a vida de qualquer povo fosse tão esotérica que só verdadeiramente acessível a quem nado e criado, neste caso, na *merry England*. Não sei como quem no fundo do espírito assim pensa pode aceitar como britânica a autêntica grandeza de um Joseph Conrad. É, porém, também dessa experiência, que citei, a admiração e a simpatia com que os melhores ou os mais puros acolhem uma observação compreensiva, um exemplo de conhecimento, uma desinteressada prova de estima intelectual. Neste ponto, é interessante comparar com o que se passa em Portugal. O prestígio, entre as classes medianamente cultas, das figuras literárias é, entre nós, sempre reforçado pela repercussão ocasional, jornalística, que se logre lá fora, ao contrário do que sucede em Inglaterra, onde é sempre suspeito de pouco inglês quem principie por adquirir audiência continental. No

18

período histórico que vamos vivendo, poderia dizer-se que a Inglaterra se não curou ainda de uma espécie de complexo de superioridade que a época vitoriana lhe outorgou, enquanto nós nos não libertámos do complexo de inferioridade de não termos sido nunca, nem mesmo no período em que as nossas frotas dominavam os mares, e o império chinês, sem que nós nem ele o soubéssemos, desabava por nossa causa, nunca termos sido efectivamente uma activa e condutora força política do continente europeu. Aspectos destes são essenciais para a compreensão das relações entre as culturas, desde que não nos esqueçamos de que todas as vagas atitudes sociais degeneram no tempo, descendo a escala da categoria intelectual — assim como se os serventuários guardassem por mimetismo de interesses as ideologias que as classes patronais já abandonaram. Encontramos hoje, no jornalismo medíocre de Portugal ou de Inglaterra, aquelas ideologias que as camadas cultas passaram a desdenhar. Nessa plataforma de encontro das classes que ascendem à cultura e daquelas que repetem o que da cultura desceu, encontramos por isso, naturalmente, os mais acérrimos inimigos da arte moderna, aquela quintessência civilizacional que o mundo se prepara para desprezar — temerosamente — quando ela lhe iria dar — e dá — os mais belos frutos. Lembremos aqui aquela frase de Oscar Wilde, quando dizia que há obras que respondem e obras que perguntam; e que, muitas vezes, obras há, das primeiras, que respondem já a perguntas que ainda não foram feitas.

Mas será que, de facto, a literatura tem por missão este embora sério jogo de perguntas e respostas? E será que as respostas servem para todos, sem uma adequada e profunda reconstituição espiritual do ambiente e da evolução que as fez surgir? Mais simplesmente: é possível compreender uma literatura, sem conhecer a vida de que ela brota?

Quando há pouco vos falava daquela mania da resposta, que sempre busca no historicismo literário encontrar uma perene actualidade, não era bem a isto, que a frase de Oscar Wilde suscitou, que eu pretendia referir-me.

É ponto assente, entre quantos pela literatura se interessam, que a obra literária encerra, pelas suas virtualidades e pelo paralelismo de virtualidades entre o seu tempo e o nosso uma infinidade de sentidos, que a tornam viva e próxima de nós. Não é isto o mesmo que afirmar a imortalidade das obras de arte, nem supor que cada obra literária é como que uma peça do *puzzle* que o historiador da literatura pacientemente vai compondo até a gente ver a figura: no caso da Inglaterra, o quadro refeito representa, por exemplo, um *gentleman* na *bay window* do seu castelo, contemplando os prados da *merry England*, contemplação que se sustenta dos dividendos de uma mina que dessa janela se não vê (este quadro até serve, se bem recordais, de pano de fundo a *The Lady Chatterley's lover*, do grande D. H. Lawrence); no caso de Portugal ... enfim, neste caso ... deixemos isso.

Mas nem todas as obras literárias são igualmente ricas de sentido. Engana-se precisamente nisto quem se interessa por uma literatura estrangeira; mais, arrisca-se a cometer o mesmo erro quem se interesse por uma obra literária que, mesmo da sua própria língua, pertença a uma época que não a sua. É certo que a própria linguagem não é alheia a ressonâncias, e que menos se perde na língua o que se perde no espaço e no tempo. A literatura não é só um conjunto de grandes poetas, grandes dramaturgos, grandes etc. Quem pretender aproximar-se de uma época literária de olhos postos apenas nas figuras que o tempo agigantou terá dessas figuras, da sua época e da literatura a que pertencem, uma falsíssima imagem. Já vos apontei as vicissitudes de Shakespeare neste ponto. Tudo o que se escreve com penetração linguística e, o que é o mesmo, com humana consciência, *é literatura*. E muitas vezes, por isso, e porque as regiões do interesse e os ornamentos da sinceridade variam no tempo — e nem todos, por honestamente que escrevam, atingem idêntica profundidade de visões — nos parecem ilegíveis e desinteressantes alguns livros que fizeram as delícias e constituíram *elementos da cultura* daquelas mesmas figuras que o tempo agigantou. É assim que, ao mesmo tempo, julgamos paradoxalmente risíveis os juízos culturais de certos homens, e é só com as obras deles, por elas seduzidos, que reconstruímos o ambiente espiritual de uma época. E, na maioria dos casos, esse ambiente é uma mera ficção, artificioso somatório de diversos mundos individuais, às vezes profundamente estanques, incomunicáveis entre si e incomunicáveis com essa mesma época. Quanto tempo teve de esperar o pobre John Keats até, no mavioso panorama do romantismo inglês, ocupar o lugar que é o seu, de um dos mais puros poetas de todos os tempos? Não quero aqui lembrar a repugnância do laureado Lord Tennyson, porque o admiro, quando lhe foi observado que a sua poesia apresentava laivos keatsianos. Eu sei que outros factores, como o de que a curta vida de Keats não fora suficientemente *gentlemanlike*, pesaram largo tempo na balança — e que factores dessa ordem empanam e empanarão sempre, no foro íntimo das pessoas que se amam mais a si próprias que ao próximo, as nobres virtudes que viviam paredes meias com tais factores. Mas eis um caso ... em que as perguntas que Keats a si próprio fizera e a que respondera ... não tinham ainda sido feitas por outras pessoas. E reparemos em como os pré-rafaelitas, que se empenharam em fazê-las, foram afinal surdos ao naturalismo acre que, em Keats, se esconde sob uma imagística requintada e um vocabulário denso de associações literárias. É bem recente a admirável homenagem que representa o estudo *Keats and Shakespeare*, de Middleton Murry, nome apenas conhecido em Portugal como viúvo de Katherine Mansfield. À semelhança de Keats, um outro John, o John Clare, o louco de Northampton, cuja obra em grande parte inédita está sendo publicada, ascende só agora a uma glória bem maior do que a que tinha, de ameno poeta do *countryside*.

Eu creio que não podemos nem devemos separar, ao abordarmos a literatura actual de um país, os vivos e os mortos, ou mais exactamente: os que vão morrendo e os que vão ressuscitando — que isto de morrer e de ressuscitar, em literatura, é apanágio igualmente dos vivos e dos mortos. Qual seria a actualidade de W. B. Yeats, se a sua poesia não tivesse sido uma ressurreição perpétua, em que o poeta ressurge, original e jovem, de todas as escórias de quanto o apaixonou? Para mim, neste momento e aqui, o *Dr. Fausto* ou o inacabado *Hero and Leander*, de Marlowe, são tão actuais como *The Cocktail-party* ou os *Four Quartets*, essas elegias de Duino do grande poeta inglês que é T. S. Eliot. E o *London Journal*, de Boswell, que, se me permitem a expressão, mete o Rousseau num chinelo — será do tempo dele, ou do nosso, em que foi descoberto e publicado? Será menos do nosso tempo que as dolorosas e entusiasmadas efusões de Denton Welch ou a bela autobiografia de Stephen Spender?

Não pretendo, de forma alguma, esquecer a importância da situação histórica de uma obra para a compreensão dela. Inevitavelmente a efectua, nunca é demais repeti-lo, quem pretenda saboreá-la honestamente. E não difere muito esse trabalho daquele que efectuamos ou devemos pacientemente efectuar com qualquer autor moderno. Há um mínimo de penetração que ... mas, Deus meu, estou-me esquecendo de que dois ingleses são capazes de conviver, durante anos e anos, ignorando-se mutuamente os seus credos religiosos e políticos. E que a poesia inglesa, tão abandonadamente subjectiva por vezes, nada tem de confessional — como aliás sucede com a melhor poesia portuguesa, ao contrário do que tanto preocupa inúmeros críticos.

O respeito pelo próximo e por nós próprios é talvez uma característica muito peculiar do convívio inglês, que a literatura espelha necessariamente. Não é que as convicções de cada um não sejam essenciais; nem que as pessoas venham a estimar-se e a conhecer-se com menos intimidade. Simplesmente se prefere, àquilo que as pessoas racionalizam da sua personalidade, essa mesma personalidade — e, inclusivamente a essa mesma personalidade, se prefere a experiência elaborada, a expressão transfigurada, que é a própria natureza da arte literária.

Vai já um tanto longa e sobretudo extremamente deambulatória esta viagem, em que, por mal dos vossos e dos meus pecados, haveis caído em embarcar comigo. Tenho, porém, para estas viagens enganosas e frustradas, um antepassado ilustre e inglês, que é o Sterne da *Viagem Sentimental pela França e pela Itália* — «So that when I stretch'd out my hand, I caught hold of the Fille de Chambre's ...» Hum ... Hum ... Já sabem.

Recentemente, em Inglaterra, um crítico, por ocasião da publicação dos *Collected Poems*, de Dylan Thomas, proclamou-o o maior poeta inglês contemporâneo. Sem dúvida que Dylan Thomas é um grande poeta e que a importância da sua linguagem e da sua imagística fulgurante é manifesta na evolução da mais contemporânea poesia. Mas parece-me que a coisa foi dita para fazer pirraça a T. S. Eliot e a Edith Sitwell, já que nunca tem grande sentido — a não ser este — dizer que alguém é o maior, quando há outros muito grandes em exercício. E sem dúvida que os *Four Quartets*, de Eliot, como a majestosa *Song of the Cold* ou *The Shadow of Cain*, de Edith Sitwell, dão a medida actualíssima de dois poetas, para os quais a magnificência verbal, no caso de Edith, ou a contenção oblíqua — qualidades que, paradoxalmente, se encontram fundidas em Dylan Thomas — não se limitam a transmitir apenas uma transfigurada visão poética, mas apelam para aquela concreta visão do mundo, marginal à pura inspiração ou trabalho poético, e sem a qual nos custa sempre a reconhecer como transcendentalmente grande uma poesia. Não é que a poesia de T. S. Eliot ou a de Edith Sitwell sejam menos pura poesia que a de Dylan Thomas ou que a íntima compreensão humana falte ao ilustre poeta galês, que tenho ouvido comparar com Rimbaud, e que, pessoalmente, é de uma bonhomia infantil, que nem faz adivinhar a voz dominadora com que recita e interpreta poemas. Há, talvez nele, muita daquela distraída frescura juvenil que o grande compositor Benjamin Britten tão subtilmente *viu* em Rimbaud, quando pôs em música algumas das *Illuminations*.

O que eu pretendo significar é o seguinte, que aliás, com curiosas e diversíssimas modalidades, a poesia inglesa documenta: temos por grande poesia aquela em que o livre sonho da imaginação do poeta se adequa dolorosamente, não às imposições tácticas de qualquer política mesmo pessoal, mas à consciência de que a poesia não é, por si própria, mais do que um testemunho da alheia humanidade em nós: aquilo que, por estranho que pareça, estua nos elaborados sonetos de Shakespeare, no marmóreo formalismo de Pope, nos poemas de Wordsworth ou, para citar um exemplo mais próximo, nesse toque a rebate da consciência humana que é o *Strange Meeting*, de Wilfred Owen: «*I am the enemy you killed, my friend.*» É sempre maior aquela poesia que não ignora ou não faz por ignorar que, *in stricto senso*, nem todos os homens são poetas senão na medida em que o poeta é homem neles. Porque muita gente — que não os grandes poetas — procura verbalmente ser o que não é — por isso é que tantos poetas da subtileza etérea e descarnada passam por ser a imagem da própria poesia. Seria, por exemplo, um Walter de la Mare um grande poeta típico desta situação, se não houvesse na sua personalidade um lastro de experiência humana da poesia, que a transforma de evasão em descoberta das relações entre dois mundos que o ritmo da linguagem poética separa e une. Deve ter sido esta uma das razões da atracção que a figura e a obra de Rainer Maria Rilke — um poeta tão continental que a Inglaterra, para ele, pouco ou nada significou — exerceram na imaginação de muitos poetas contemporâneos ingleses, bem representados, para este efeito, pela actividade de Stephen Spender, que o traduziu.

A geração, se assim se pode dizer, de Auden e Spender, de John Lehmann, Mac Neice, Day Lewis, George Orwell, Christopher Isherwood, sofreu violentamente o reverso de uma situação que a crise espanhola simbolizou — e que os *Centauros e Lapitas*, de Sacheverell Sitwell, tão superiormente traduziu de um ponto de vista de imaginação plástico-cultural que é a desse notável poeta. Que essa crise tenha acabado de viver-se, sabemos apenas que o Mundo ainda a vive. Mas eu não creio que o país onde se ouviram e ouvem as vozes de Graham Greene e de Evelyn Waugh, como de jovens poetas quais F. T. Prince, Sidney Keyes ou Henry Treece, onde se prefacia ainda *The Lost Paradise* como C. S. Lewis o prefaciou, onde o teatro é uma das mais importantes realidades da vida quotidiana apesar das implorações ao Arts Council, esteja destinado, um pouco como se julga que sucede entre Portugal e o Brasil, a fornecer parentes pobres aos descendentes daqueles passageiros do *Mayflower* que, a ter transportado todos os antepassados dos *witch-hunters*, por certo era maior que o *Queen Elisabeth* ... Enfim, erros que Sir Walter Raleigh pagou já com a cabeça há alguns séculos, mas que permitiram, pelo menos, a Evelyn Waugh essa obra-prima de humor negro que é *The loved one* sobre o célebre *Whispering Glades*, o mais cómodo e aprazível cemitério do Mundo.

Aconteceu, porém, que estamos vivos, apesar de a *White Tower*, que data da invasão normanda, ser muito mais antiga do que a *White House* ... Poderemos bem fazer nossas, aqui, como palavras de esperança, as deste poema de Spender que traduzi:

EU PENSO CONTINUAMENTE...

Eu penso continuamente nos que foram em verdade grandes
Nos que, desde a matriz, se lembraram de uma história de
[alma
Em corredores de luz onde as horas são sóis.
Sem fim, cantando. Cuja doce ambição
Fora que seus lábios, do fogo sem cessar tocados,
Anunciassem o Espírito coberto de cânticos, da cabeça aos
[pés.
E que dos ramos primaveris colheram
Os desejos tombando por seus corpos como flores.

O que é precioso é não esquecer nunca
A alegria essencial do sangue que flui de fontes sem idade
Brotando de uma rocha em mundos anteriores à terra.
Nunca negar o prazer dele à claridade simples da manhã
Nem a sua grave e nocturna exigência de amor.
Nunca permitir que gradualmente o tráfego amacie
Com ruído e névoas o florescer do espírito.

Perto da neve, perto do sol, nos mais altos campos
Vede como a esses nomes festejam ondulantes ervas
E flâmulas de nuvem branca
E sussurros do vento no céu que escuta.
Os nomes daqueles que em suas vidas pela vida lutaram,
Que usaram nos seus corações o centro do fogo.
Nascidos do sol, viajaram um momento breve ao encontro
[do sol,
E deixaram o ar vívido assinado a honra.

PRIMEIRA
CARTA DE LONDRES

Nem que seja apenas por alguns dias e, dentro desses dias, por umas escassas horas que me fiquem livres, inteiramente livres, para andar por aqui ao acaso, realizei já um dos maiores sonhos da minha vida: pôr pé em Inglaterra, ver Londres com os meus olhos. Anos a fio, como tantos outros sonham com a «capital do espírito» ou «cidade das luzes», eu sonhei com esta cidade sombria e dourada severa e pomposa, negra e vermelha, suja e nevoenta, em que viveram tantos homens que admiro, e tantos personagens de romances que amo, viveram para mim ainda mais do que aqueles. O primeiro contacto com a Inglaterra não foi em Dover, nem em Southampton, nem no aeroporto de Londres, para o qual, aliás, o avião se destinava. Contactei com a Inglaterra pela primeira vez no avião da BOAC, logo em Lisboa, e pisei terra inglesa, em Hurn, creio que uma cidadezinha na costa sul da Grã-Bretanha, em cujo aeroporto, a umas quatro horas da manhã de nevoeiro e frio, o avião teve de aterrar porque... mas porque havia de ser? — se havia nevoeiro em Londres!... Bournemouth pareceu-me uma estância de verão, aprazível, extensa, arborizada, com um grande hotel que me recordou o 1900 modernizado que hoje pulula serenamente por toda a parte do Mundo. Aí tomei um pequeno almoço, juntamente com os outros companheiros da aventura aeronáutica.

De Bournemouth a Londres, tive ocasião de contactar, tanto quanto se pode fazê-lo pela janela de um comboio, com o campo inglês e as cidadezinhas provinciais. O nevoeiro era muito, mas graciosamente aceso por dentro com um sol ma-

27

tutino que era um balão rosado. E iam passando campos calmamente ondulados, em que as árvores pululam e crescem estimadas, com um ar mais estabelecido na vida do que teriam num jardim público de Portugal. E iam passando aglomerados urbanos, todos iguais, com as mesmas janelas, dispostas da mesma maneira, as mesmas chaminés, uma igualdade de indiferença, de casa voltada para dentro que é onde as pessoas vivem. Pelo meio do campo, ao lado de terras delicadamente aradas, pequenas instalações industriais fumegantes, aumentando em número e em dimensões por vezes, para logo se diluírem em prados com vacas pastando como animais de estimação. E, ao fim, a estação de Waterloo, vasta, extensíssima, onde o comboio entrou com pezinhos de lã, exactamente como percorrera velozmente umas linhas sem ruído, que pareciam almofadadas e subreptícias. O comboio trouxe-me de Bournemouth à estação de Waterloo, e entrei em Londres como se tivesse vindo de barco, rumo a Southampton. E atravessei depois, com uma emoção talvez ridícula a Ponte de Westminster — e lá estavam o «Big Ben and the Houses of Parliament» tal como nas fotografias. Aliás, tem-me acontecido aqui uma coisa curiosa. Tudo o que seja «pastiche» arquitectónico me agonia, e quanto mais gótico melhor para o enjoo. Em Londres, porém, a atmosfera, a sujidade, a luz, dão a tudo, do mais absurdo e imitativo monumento à mais delicada obra prima como a Capela de Henrique VII, em Westminster Abbey, o mesmo ar de solene e subtil encanto. De modo que, se por um lado se perde um certo gosto de antigo, que aliás Londres satisfaz a cada instante (até com placazinhas que, numa parede qualquer, certificam que era ali um certo *inn* desaparecido em 1666!...) ganha-se uma estranha sensação de unidade, de dignidade, de seriedade, em que o gótico, o neo-clássico, o *modern style* — puro — 1900 — mau gosto», o estilo Downing Street, se misturam numa curiosíssima harmonia para que circulemos por estas ruas exactamente como em nossa casa, contagiados, absorvidos, quase desatentos. E, no entanto, isto é tão diferente! Desde o aspecto das casas à segurança pausada e afável do mais humilde transeunte sente-se a humanidade reservada e insular deste povo que pôs no Banco de Inglaterra uma epígrafe irónica: «A terra é do senhor e quanto está nela.» Percorri algumas ruas da City entre colunatas absolutamente bancárias e estreitos prédios antigos de escada funda e solicitadores encartados, sobrantes de algumas cenas do Dickens. Fui à noite à ponte de Waterloo. Vi a agulha de Cleópatra. E os memoriais de imensa gente, que são quase todos da rainha Vitória. E o navio em que Scott foi para morrer ao Pólo Sul. Vi a Catedral de São Paulo, isolada e grandiosa no meio de uma área absolutamente devastada na última guerra. Quase um esteta poderia dizer que tanta destruição se destinava a desafogar as perspectivas de um zimbório colossal, destinado a ofuscar São Pedro de Roma. São numerosos ainda em Londres os sinais dos anos trágicos da guerra, paredes mestras vazias, lugares vagos no meio de zonas densamente construídas, porque se preferiu a construção de bairros residenciais à reconstrução de prédios para empresas comerciais. Mas tantos sinais não são ostensivos, antes são discretos, com uma reserva modesta semelhante à do homem que, num *bus*, baixou os olhos para me dizer que sim, aquilo eram áreas bombardeadas. Passei por Buckingham Palace, com os dourados das grades já pintadas de novo para as festas da coroação e a eterna pequena multidão preparada para ver o render da guarda. Oxford Street, Piccadilly, o Strand, e Regent's Street, devaneadoramente larga e tortuosa. Ruas e ruas, passagens e passagens, saindo de todo o lado, com o ar mais natural do mundo. O ar de bricabraque vitoriano que se sobrepôs nesta terra de poetas e banqueiros às fachadas que são todas o Partenon dez vezes maior. Passeei por Lincoln's Inn, em que há relva reservada aos sócios mas a entrada é livre, e, é claro, tive o indispensável gosto de percorrer entre tijolo vermelho e negro a tortuosa Rua de Portugal que desagua em Kingsway e nasce na Loja de Antiguidades do Dickens. De resto, todas estas ruas, todas as praças são de uma liberdade urbanística bem representativa do coordenado individualismo que fez e faz a nobreza da Inglaterra. As praças não são regulares, os *circus* são elípticos; em Trafalgar Square há o poleiro magnífico de Nelson no meio de uma data de senhores todos de bronze, sentados ou em pé e fazendo as coisas mais inesperadas pelo meio de lagos e balaustradas. Mas, embora as ruas encurvem, as praças desacertem, há realmente uma coordenação de reflectido *puzzle*, em que o incêndio de Londres contribuiu por certo para o recorte de mais umas peças. Um *puzzle* de séculos do tempo da rainha Isabel e de Sir Walter Raleigh e de Shakespeare ou do tempo de Carlos II e dessa rainha portuguesa sua esposa que deveria ter sido respeitabilissimamente incrível aqui, nessa época de corte de S. James. Porque há, nesta terra, uma simplicidade civilizada naturalíssima, de se não reparar em coisa nenhuma que as pessoas façam, precisamente porque ninguém as faz pensando em que os outros vêem. E, todavia, é um engano supor que as pessoas não reparam de facto. Às vezes, não estão mesmo fazendo outra coisa. Mas Londres é tão grande, tão depressa se pode estar tão longe, nesta procissão ritmada de veículos andando a quarenta quilómetros à hora e não mais (e havendo até passagens para peões, em que nos assiste o direito de, com um gesto, mandar parar soberanamente o tráfego!) que nada importa. Ou antes, para o continental distraído e senhor de si, há coisas que importam muito: por exemplo, o tráfego que é absolutamente ao contrário, pela esquerda, com táxis confortabilíssimos, mas tão «à moda antiga», que em Lisboa, uma pessoa pedante que se preza não desembarcaria de nenhum deles à beira do passeio do Chiado. Por exemplo a delicadeza dos ingleses que agradecem uns aos outros tudo. Agradecem a pessoa que paga e a pessoa que recebe. Agradece a pessoa que oferece e a pessoa que aceita. Agradecem a pessoa que pisa e a pessoa que é pisada. Logo no aeroporto vi isso, quando o funcionário da alfândega me agradeceu as informações que lhe dei e ele me pedira. E todos os passageiros, cansados de uma viagem cómoda mas entrecortada de etapes, aguardaram, às quatro horas da manhã, durante uma hora, que aquela cerimónia de singela troca de delicadezas começasse. E porque era um caso de emergência, evidentemente que todos como tal o aceitaram. De resto, as instalações — e foram elas o meu primeiro contacto com a terra inglesa — teriam sido à nascença provisórias. Certamente um aeródromo da última guerra. Mas a barraca estava interiormente tão bem arranjada, tão simplesmente confortável, tão natural decorada com umas pinturas de provincial gosto — que nada impediria que se ficasse ali esperando, esperando quanto por certo não podia deixar de ser. Senti ali vivas e em exercício a dignidade indefectível, que são timbre da Inglaterra. E foi para mim uma extraordinária e consoladora experiência o que me aconteceu depois. Íamos, pela noite e o nevoeiro adiante, estrada fora, a caminho de Bournemouth. Um rabino judaico e a esposa dormiam séculos de expectativa, ele com as barbas negras e encaracoladas, ela com umas *écharpes* que já tinham visto muito mundo. De súbito, numa curva da estrada, aparecem umas luzes vermelhas e uns sinais. E o letreiro, muito grande, dizia: «*Please slow men working*» — «Por favor devagar — Homens trabalhando.» Quer dizer: não se avisa o motorista do perigo de cair numa vala. Pede-se-lhe delicadamente que atente no que é mais precioso e respeitável: homens trabalhando. Poderá haver um mais nobre exemplo da grandeza deste país e desta gente, uma grandeza final intransmissível, que no entanto nos rodeia, nos domina e nos torna irresistivelmente seus?

SEGUNDA
CARTA DE LONDRES

Esta minha segunda carta de Londres, escrevo-a de Northampton, cidade a uns cem quilómetros ao norte da velha capital do Império Britânico. Estou sentado numa pequena sala, diante do fogo, e as duas senhoras da casa fazem *tricot* mais perto dele do que eu. Estar aqui como estou, tentando melhorar a vida e sem liberdades turísticas (quem mas dera!), e estar assim, no meio da Inglaterra e de ingleses, a pensar e a escrever em português, recorda-me irresistivelmente aquela passagem em que Almeida Garrett diz não sei o quê acerca disto mesmo. Exactamente só me lembro que fala de ter os pés no *fender*, ou coisa semelhante. Mas estou compreendendo perfeitamente aqueles sentimentos que Garrett ou Herculano acidentalmente descrevem, acerca de quão difícil é estar na Inglaterra: sentirmo-nos repartidos entre a *gentleness* desta gente — tão igual à que Júlio Dinis descreve — e a cruciante saudade de um Portugal mais brusco e menos ordenado, onde os nossos estão e a que tudo nos prende. Porque a verdade é esta: eu não ando a ver a Inglaterra com os olhares optimistas, desprendidos, superiores dos turistas, que sentem na algibeira o restolhar dos seus *travellers-checks*. Não ando sequer a vê-la. Quanto vejo, vejo-o por acidente, nos intervalos em que posso distrair a minha pessoa para fora do círculo do meu trabalho. Por isso, logo de entrada — e independentemente do meu velho convívio com os livros ingleses — pude talvez reparar na Inglaterra como repararão os estrangeiros que cá vivem: um pouco do lado de fora dos hotéis, e alguma coisa do lado de dentro dos escritórios e das oficinas, onde se faz a vida sobre a qual os turistas visitam a Tate Gallery, a National Gallery, a Wallace Collection. Que eu também visitei de corrida todas essas galerias, mas numas visitas desastradas, semelhante àqueles encontros em que vemos pela primeira vez que sabemos poder ser a última, alguém que há muito desejávamos conhecer. E eu desejava, sabe-o Deus. É esta a primeira vez que, de facto, visito a Europa, embora às estradas de Portugal eu deva o conhecer o nosso país de ponta a ponta. Mas a verdade é que Portugal, assim a modos que um Quinto Império, em matéria de Europa é muito pouco ou nada. Eu sei que a Inglaterra se parece sob certos aspectos connosco. Assim como no fim da guerra dos Cem Anos a Inglaterra ficou definitivamente uma ilha voltada para o mar por todos os lados, assim também para nós a Espanha, depois de unificada e imperial, se tornou uma espécie de Canal da Mancha, que a Restauração alargou. E por sobre a Mancha vinham os ventos de França. Todavia, a Inglaterra que nós hoje conhecemos nem sequer já é o que nos séculos XVIII e XIX cresceu pelo mundo fora até que Vitória foi coroada imperatriz das Índias. A Inglaterra de hoje é um país diferente, que, segundo os próprios ingleses confessam, se humanizou na tempestade imensa que foi a última guerra. Nesse temporal, as bombas varreram o vitorianismo das populações: uma certa delicadeza egoísta, uma certa secura hipócrita. A guerra trouxe a consciência de que — como a um amigo meu disse uma família inglesa — na casa ao lado havia gente viva. Consciência aliás facilitada pelo facto de a casa ao lado ser sempre uma casa exactamente igual à nossa: feita do mesmo tijolo, com a mesma planta e os mesmos alçados. De resto, é esta a identidade de superfície, pela qual se preservam de exteriorizações, discretamente, as íntimas diferenças de cada um, aquelas diferenças que ninguém pensa em negar, desde que não sejam, indelicadamente, atiradas à cara do próximo. Nessas matérias, um Byron ou um Shelley, ainda hoje tão réprobos quanto respeitados como poetas, teriam algumas palavras a dizer. No entanto, eu que visitei a celebrada Westminster Abbey, sou de opinião que há certa vantagem em se seleccionarem os grandes homens neste país. Vantagens de ordem arquitectónica e artística. Porque, com todos os «memorial» e túmulos de homens ilustres, a grande Abadia de Santo Eduardo, *o Confessor,* parece ... Arranjemos um «símile» compreensível para portugueses: Westminster Abbey parece o Mosteiro da Batalha com o Cemitério dos Prazeres lá dentro. É uma coisa inconcebível que já vai extravasando para a gigantesca Catedral de São Paulo que Wren ergueu. Mas aí o neoclássico pomposo e frio condiz perfeitamente com todos aqueles calcáreos funéreos espalhados sob os arcos e nas capelas. Mas em Westminster... ó céus! Em qualquer sítio que não o cruzeiro a gente só vê aquelas veras efígies em atitudes heróicas e meditabundas, a toda a volta, e o tecto que nos estiver por cima. E, no entanto, que lindíssima coisa é a Abadia, com o seu claustro a que os nossos de Lisboa ou de Évora não ficam a dever nada. E no topo da Capela de Henrique VIII, com o seu maravilhoso tecto — *perpendicular style* tão afim da Batalha — lá estão os vitrais dedicados à batalha de Inglaterra, a comemorar essa luta heróica — «o sangue, o suor e as lágrimas» que deram a este povo o direito e a oportunidade de humanizar-se. De resto, ao deambularmos pelas naves de Westminster, vendo como os factos e os homens são comemorados não em função do tempo, mas em função do seu valor e do espaço que ainda há vago, acabamos por compreender a grandeza daquela necrópole heteróclita: é a consagração do presente constante, de *uma convivência no seio da Comunidade*. Westminster Abbey é um Kingdom Hall e não um monumento histórico em que as memórias sejam fantasmas românticos em castelos restaurados. Quem merece está ali. Outros não estão, é certo. Mas há que compreender que uma coisa são as virtudes cívicas e sociais e outra coisa as virtudes poéticas ou criadoras. Para estas últimas, o coração de todos aqueles que, em gerações futuras, bateram em uníssono com uma obra ou uma estranha vida é que será sempre uma Westminster Abbey. A outra, a de pedra que ali está, tão magnificamente gótica e autêntica, representa a estabilidade, a segurança, a continuidade. Não podem estar lá génios perigosos, turbulentos ou de vida menos conforme com a religião e os bons costumes. Desses faz-se a glória nacional, que eles não podem partilhar na pedra.

Mas deixemos as pedras. Falemos de outras coisas. Por exemplo, de pintura. Para o português habituado à exiguidade das colecções, a Wallace Collection é o museu ideal de arte. Eu nunca fui ao Louvre, mas a sensação de asfixia deve ser como a que se tem na National Gallery. Tanta pintura — há sempre mais uma sala com quadralhões que a gente não viu; e toda a pintura tão boa, que a gente acaba por não saber ao certo, no meio de tantas escolas ao longo dos séculos, representadas no que têm de melhor, o que é afinal grande pintura. Ao desfilarem, perante os nossos passos ansiosos, todos os mestres, de Fra Angelico a Piero di Cosimo — esse misterioso simbolista — até Degas, com séries maciças de italianos e holandeses, a grande pintura torna-se uma banalidade. E, em verdade, só nos fica na memória alguma aventura espantosa e evidente, por entre tantas coisas grandiosas ou subtis. De toda a pintura que vi e ante a qual pasmei — como não pasmar diante da Dama do Leque, de Velasquez, diante dos Rembrandt e dos Vermeer, diante dos Picasso e dos Gauguin e dos Cézanne da Tate Gallery? — ficou-me nos olhos um grande clarão dourado, uma ofuscante luz olhada cara a cara, e não pelos seus efeitos sobre os objectos: quero referir-me a Turner, cuja pintura (já vira alguns quadros em Lisboa) é a mais espantosa coisa que me tem sido dado ver. Creio que ninguém mais do que esse homem atingiu os limites da pintura, nem mesmo todas as audácias dos pintores modernos. Turner não pintou as coisas, nem as pessoas; nem a composição delas, nem a atmosfera entre elas, nem a luz e a sombra. Tentou pintar a própria luz, um ambiente de ouro aéreo, que já havia em Claude Lorrain (e que belo pintor é este, como o é o Poussin tão classicamente desprezado). Uma luz em que tudo se desfaz e dilui, e nada tem forma ou cor segura. Uma luz afinal como a de Londres, mas transformada em tintas sobre a tela. Porque a luz de Londres enevoada, com um sol dourando espectralmente os edifícios e as curvas das ruas sem perspectiva (e para quê a perspectiva urbana numa terra onde o ar é palpável a metros de distância?) é, embora com modéstia, esta luz matutina que Turner viu a todas as horas do dia e em tudo, até no vermelho daquele quadro incrível que representa — quem diria? — «o atear de uma fornalha». Turner, assim como está representado em toda a parte — e mais numerosamente na Tate Gallery — pelos seus quadros, anda na rua, na luz que nos ilumina.

Aqui, em Northampton, de onde escrevo esta carta, e tanto quanto me tem sido dado ver, a luz é mais sombria, mais comedida, mais adequada à vida de uma pequena cidade provincial. O ar com que, de uma cidade como esta e só porque esteve em Londres e por lá andará, já diz «pequena» um português como eu! Mas, de facto, Londres é uma cidade imensamente grande. E, para tal, fio-me do que está na boca de todos os ingleses, desde o primeiro com quem falei em Hurn, no sul da Inglaterra, onde pousou o avião que me trouxe, até ao mais castiço dos londrinos: «*London is too big a town*» — Londres é uma cidade demasiado grande. É curioso que não temos essa sensação senão muito indirectamente pela escala dos edifícios e o movimento das ruas. A cidade gigantesca não se pode ver: só pode sentir-se. E sabem onde eu também tal senti claramente? Numa estação de metropolitano, diante de uma lista das estações todas: eram só quinhentas!... Estarei exagerando? Creio que experimentalmente levaríamos a vida toda a verificar. E, de resto, que importa? Porque razão não havemos de viver numa cidade, exactamente como afinal todos vivemos sobre a terra sem por um momento atentarmos nisso? Quem conhece a terra toda? Claro que ninguém, a não ser os muitos sítios onde tiver estado. Mas eu sei que o que nos aflige é não se abranger com o olhar o que com um olhar se vê numa paisagem. Uma cidade, ou não é bem cidade grande, não é paisagem — é uma multidão imensa, com a capacidade de sumir-se atrás de umas paredes. E é isto o que aflige numa grande cidade: a capacidade de sumiço. Será que os londrinos, antes de, como já vos contei, saberem que na casa ao lado havia gente viva, antes de saberem como era possível, embora com um bombardeamento, não encontrar as coisas e as pessoas habituais — será que eles já sabiam que Londres era uma cidade demasiado grande? Porque a Londres de Dickens podia ser tenebrosa. A Londres de Sherlock Holmes podia ser aventurosa. Nesses tempos já uma pessoa podia sumir-se. Mas uma multidão sumir-se? Só realmente numa cidade «demasiado grande». E é possível: chega um sábado à tarde, e Londres até ao anoitecer é um deserto. Prédios e ruas como o Sahara tem areias. Anoitece, porém; as luzes e os reclames acendem-se, e, quase subitamente, o formigueiro reaparece na claridade polícroma e húmida. Boa noite.

TERCEIRA
CARTA DE LONDRES

É minha intenção falar-vos de alguns museus de Londres. Mas intenções como esta podem, numa carta como esta, ir parar muito longe — quem sabe, pois, em que acabarei por vos falar? Decerto que da Inglaterra, decerto que de uma Inglaterra vista simultaneamente de Londres e de Northampton, onde tenho habitado alternadamente, e de mim próprio, onde, por mais que faça, cada vez mais habito, à medida que o tempo passa e, com ele, muitas ilusões que a gente alimenta a ver se não fica sozinho. Porém, uma «Carta de Londres» não é lugar para expansões pessoais, desde que essas expansões se alarguem, do domínio restrito das impressões de viagem e estadia, para o domínio, tão vasto e desinteressante, que são as preocupações de cada um. De resto, para quem lê os periódicos ingleses, há neste momento em Inglaterra três preocupações gerais: as perturbações no Quénia (provocadas por uma sociedade secreta que dá pelo nome absurdo de Mau-Mau: mas, sejamos compreensivos, que em inglês o Terreiro do Paço chama-se, como toda a gente sabe, «Praça do Cavalo Preto»); a proibição de ser transmitida pela televisão o momento culminante da próxima coroação de mais uma rainha Isabel; e, *last but not the least*, a discussão à volta de se devem ou não ser chicoteados os culpados de assalto à mão armada. Se digo que estas preocupações são tidas por enormes pelos periódicos todos, é porque não falei ainda com ninguém que se preocupasse real e efectivamente com qualquer destas três coisas. O inglês médio, desde o tempo da Companhia das Índias, está ainda habituado a que estas coisas nas coló-

nias digam respeito apenas a grandes interesses privados
— e abstém-se, uma vez que nem é mau-mau patriota, nem
é colono europeu patrioticamente assassinado, para, com
todo o empirismo da City, poder julgar. Quanto à televisão,
a cópia de argumentos nos jornais tem sido vastíssima e
facilitado a vida de todos os jornalistas com falta de assunto.
Chegou mesmo a escrever-se que a televisão permitia que
a rainha fosse coroada perante *todo* o seu povo, e não
apenas, como até aqui, perante aquele reduzido número de
pares do reino que, de um lugar marcado na Abadia de
Westminster, consiga ver alguma coisa por entre as decora-
ções, os grandes dignatários, etc., que tudo isso acabará
de encher o espaço que na Abadia resta disponível a uma
vista de olhos. Eu acho isto de coroações uma nobilíssima,
grandiosa e utilíssima coisa; e sou partidário de que a cena
seja totalmente televisada, que ainda é essa uma maneira de
a televisão ter algum sentido superiormente sagrado, por
um momento que seja. Se todo o Império pode estar presente — ou mais exactamente, se a coroação pode repetir-se
em toda a parte exactamente como Deus Nosso Senhor —,
televise-se toda a coroação. Mas não há dúvida de que os
jornais me contagiaram, pois que estou a preocupar-me
com um problema deles, do Parlamento, do Governo, etc.,
quando eu não pertenço a esta aldeia, e não tenho o
direito de tratar como espectáculo o que poderá ser para um
povo, a que não pertenço, um grave problema de protocolo
hertziano. A última preocupação, essa sim, diz respeito a
toda a gente, mesmo a estrangeiros residentes aqui. Não é
o mesmo ser-se assaltado por um ladrão que pode ser chi-
coteado, ou sê-lo por um ladrão que sabe que o não será.
Os assaltos, ao que dizem os jornais, aumentaram medonha-
mente nos últimos tempos. Diga-se de passagem que esta
Inglaterra seria, sem chicote, o paraíso dos gatunos portugueses. Habituados às janelas com portadas de pau, às portas da rua em duplicado e com fechaduras muito *Yale* em
quadruplicado, que diriam a estas correntezas de casinhas e
de *cottages*, com janelas de guilhotina sem fechos e sem
portadas, e com a *front door* sempre no trinco ou apenas
encostada? O pior é que, em Inglaterra, ninguém tem dinheiro em casa, ou na algibeira traz mais do que umas moe-
das. E roubar bancos demanda uma organização à americana, disciplinada e liberalmente conduzida. Assim, um
roubo de quatro libras, uma miséria, tem aqui honras de pri-

meira página. Realmente, arrombar uma pasta que se calhar estava aberta, assarapantar ou mesmo assassinar uma pessoa que se calhar passava a vida a ler romances policiais ou a ouvir os programas também policiais de rádio, e acabar roubando o que um gatuno português desdenharia — eis o que, de facto, é uma coisa tão ridícula, tão mesquinha, tão falta de imaginação, que só a chicote. O chicote é uma espécie de pena de Talião para consolação da sociedade; não é propriamente a pena de Talião, porque nesse caso, deveria ser ministrada pela própria vítima — o que, por vezes, seria difícil. Para esses casos difíceis é que as leis são sempre previstas. E, assim, discute-se acaloradamente o chicote. Eu, francamente não tenho pela legalidade maior respeito que pelo contrário dela. Acho que a consciência tem obrigação de valer sempre mais que as normas ou o desobedecer a elas. Mas, também francamente, admiro imenso a franqueza destas discussões, e, se não sou pelo chicote, sou com certeza pela sua legalização. Tanto mais que não pertenço ao número dos que roubam, mas ao dos que são roubados.

E agora reparo que estou a roubar-vos e a roubar-me tempo. Passei da promessa de museus e espectáculos para as preocupações pessoais. Para fugir a estas, embrenhei-me em preocupações do momento britânico. E era tão fácil ter-me agarrado àquela permanência que são os museus. Já Bernard Shaw dizia que era neles e nas bibliotecas que se guardava a civilização, e em nenhuma outra parte. Inclino-me cada vez mais para esta visão satírica. Visitemos, pois, o Museu Britânico. (...) O Museu Britânico não é coisa que se veja de uma vez. Mas, ainda que a correr o desejásseis ver assim: é impossível. Os museus ingleses andam em maré de economia. E as economias são, naturalmente, feitas à maneira inglesa. Expliquemos. Os horários aqui são uma coisa caótica, dado que não estamos, cada qual, dentro do rigoroso cumprimento que cada um mete no seu próprio horário. Há horas a que uma loja fecha, porque o patrão foi tomar o seu chá. Não admira, pois, que a economia nos museus se faça fechando metade das salas e abrindo a outra metade, alternadamente, para guarnecê-las com os mesmos funcionários. Não sei muito bem, porque não pensei nisso, qual seria outra maneira de resolver o problema, mas deve haver, com certeza, uma maneira muito melhor, portuguesa, de o não resolver.

Seria ridículo dizer que não pasmei diante dos frizos emétopes do Parténon, que em inglês se chamam «The Elgin Marbles». Que não estremeci, docemente, com uma sensação de ansiedade mista de segurança, perante a Deméter de Cnico. Que me não encantou a nobre e já barroquizante majestade da estátua de Mausolo (o do Mausoléu, nome que se tornou comum a qualquer amontoado de pedras funerárias). Tudo isto serão sinceras emoções que toda a gente terá. Mas talvez nem toda a gente tenha a sinceridade de ficar frio, desiludido e indiferente perante a escultura egípcia: aquela escultura monumental, arquitectónica, ali perdida, catalogada, alinhada dentro de uma sala ainda que imensa! Um faraó de pedra, ou se vê no lugar em que há milhares de anos o puseram, ou se admira a qualidade e a beleza do retrato numa fotografia. É difícil concebê-lo num museu, sem um fundo que o isole, lhe garante alguma parcela da majestade hierática que aquelas estátuas contêm. E, todavia, como em contrapartida é imediata, mais imediata que com toda a escultura grega, a comunicação com os caixões das múmias ou a infinidade de pequenos objectos que foram familiares a esses mortos. Em tudo isso, em tão minúsculos objectos, desde os selos aos enfeites e berloques, palpita uma vida intensa, gozada cauta e sabiamente, com uma satisfação e uma estima pelo próprio acto de viver, que, por exótica e distante, nem por isso menos nos toca e fala. E tanto quanto as estátuas gregas sem olhos são uma presença da forma que se nos impõe e comove como arte, como representação de uma forma absorta em si própria, assim aqueles olhos ingénuos das tampas dos caixões egípcios nos olham, senão com arte consumada, com uma penetrante e imediata vida. E é ingénuo esse olhar, porque, a milhares de anos de nós, tem já milhares de anos de sabedoria, uma sabedoria mais vivida que meditada. Eu, por anos que viva, nunca esquecerei o olhar de Artemidoro, jovem egípcio já do período helenístico, em cuja melancolia e serena expressão se funde todo o mundo antigo que o Mediterrâneo banhou. Um fervor discreto, como o de uma pequena lâmpada. Naquele olhar está tudo o que Roma vai herdar e perder. Tudo o que nós, filhos de Roma e da cristandade que Roma tornou possível, sonhamos de Grécia e de Oriente. A harmonia das civilizações amalgamando-se para morrerem, como o fénix, num clarão de suprema dignidade. Esse momento para nós o mais precioso. E que renasce e rebrilha, com tamanha singeleza, ao passarmos diante de uma vitrina de museu! À vista disto, que são os manuscritos de Leonardo da Vinci, escritos de trás para diante e como num espelho? Ou uma carta de Ticiano reclamando que lhe paguem um quadro? Ou um papiro, aproximadamente contemporâneo do jovem Artemidoro, em que um contribuinte se queixa, com nomes e tudo, da forma como é feita escandalosamente a colecta dos impostos? Pouca ou nenhuma coisa — aquela pouca ou nenhuma coisa de que são feitas as nossas arrelias quotidianas, a ponto de quase parecer que disso a própria vida é feita.

Não quisera despedir-me de vós neste tom quase solene. Falei de coroações, de civilizações que morrem, de chicotes, enfim de inúmeras coisas sérias como o Museu Britânico, cuja colunata pseudo-grega tem uma imponente monumentalidade. Quando de lá saía, a passarada chilreava por entre as colunas, acomodando-se nos frisos e entablamentos, como em Lisboa o faz nas árvores do Chiado ou da Avenida. Os pássaros aqui, como as pombas de Trafalgar Square, ostentam preferências artísticas. Tive, noutro fim de tarde, de entrar e sair a correr da National Gallery, dado que a chilreada por cima e os resultados no chão aconselhavam movimentos rápidos ... Quem diria que em Londres, no meio daquela cidade imensa, havia lugar para pássaros que não fossem de Jardim Zoológico! Mas há. E até com um comércio organizado creio que de alpista ou milho ou qualquer coisa conhecida e que a gente aqui não reconhece. E muitas pessoas satisfazendo a fome dos bichinhos e os seus próprios complexos de bondade. É um passatempo dominical como qualquer outro. Como por exemplo: estar parado em Picaddilly Circus, à noite, contemplando os anúncios luminosos e a lenta multidão que se acotovela, enquanto no meio da rotunda, há inúmeras pessoas empoleiradas (porquê) na bela estátua de Eros que ironicamente sublinha a reputação de Picaddilly. Fiquemos por aqui. Ir mais além seria atentar contra a discreção dos microfones e a reconhecida pacatez da vida inglesa.

QUARTA
CARTA DE LONDRES

Em Londres, neste momento, estão funcionando simultaneamente dois teatros de grande ópera; cerca de quarenta teatros apresentando espectáculos que, se hierarquizam desde o *Romeu e Julieta* no Old Vic até ao mais vulgar *show*; dúzias de cinemas, muitos dos quais nem anunciam nos jornais, e vários clubes de teatro ou de cinema, que organizam sessões reservadas aos sócios. Acrescentemos a isto os grandes e pequenos concertos e recitais, públicos ou privados — e o ouvinte fará uma ideia deste aspecto da actividade londrina, que centraliza aliás a actividade artística da Inglaterra. Com bastante tempo e dinheiro (porque os espectáculos são caros, e os melhores estão não obstante esgotados a longo prazo), uma pessoa acaba por conseguir ver tudo aquilo que a crítica e a opinião dos amigos e conhecidos lhe aponta como mais interessante. Mas não pode, por si só, descobrir nada — a não ser alguma coisa a mais ou a menos naquilo que os antecessores já descobriram. Ao ouvinte português poderá parecer estranho que o tempo, a demora em Londres, influa na possibilidade de ver tanta coisa que possa interessar ver. É que Londres é uma cidade imensa, que, com os seus arrabaldes, congrega quase tanta população como o Portugal continental. Basta que um por cento dessa massa de gente — não contando os forasteiros — queira ver uma determinada peça, para que a peça tenha três ou quatro meses de carreira garantida. E ao interessado basta marcar o seu bilhete para o mês seguinte, por exemplo ... — e verá a peça, se ainda for vivo e são. Porque o *Romeu e Julieta* é a mais extraordinária produção shakesperiana dos últimos anos, e porque os directores do Old Vic juraram a pés juntos, não sei porquê, retirá-la do cartaz daqui a uma semanas para apresentarem aquele *Chapéu de palha de Itália* que Lisboa não quis ver no Teatro Apolo em tempos — não vi nem verei, por certo, a trágica história dos amantes de Verona, que continuará no meu espírito ilustrada pelas criações cinematográficas por muitos ainda recordadas, do malogrado Leslie Howard e de Norma Shearer. Mas consegui ver um outro êxito londrino — a comédia dramática *Waters of the Moon* (qualquer coisa como «castelos no ar»), cuja estreia se verificou a 19 de Abril de 1951, já vai para dois anos. Eu não faço ideia do que seja para um artista representar centenas de vezes a fio (com exclusão dos domingos, porque em Inglaterra não há teatros ao domingo, como aliás é muito difícil haver seja o que for ao domingo) — ia eu dizendo, representar centenas de vezes a fio um mesmo papel. Claro que o teatro profissional, tal como hoje se entende, requer até para afinação e aprofundamento uma série de representações. Mas anos de representação de casa à cunha — sem o ambiente de se estar em família com as moscas, tão comum em Portugal depois da segunda semana — eis o que excederá as nossas capacidades de compreensão. E, no entanto, ao assistir à representação da peça, dominada por três grandes artistas da cena inglesa, tive uma tal sensação de frescura, de segurança cénica não excluindo a invenção de momento, e de trepidante e saborosa vida — que, não sei, ou a peça parecia estreada na véspera, ou era precisamente a longa prática de viver os papéis que garantia aos artistas uma tamanha liberdade, aparente liberdade em cena. As três grandes artistas eram Dame Sybil Thorndike, Dame Edith Evans (ambas nobilitadas, como por exemplo Sir Lawrence Olivier, pelos seus serviços em prol do teatro e da arte) e Wendy Hiller, que toda a gente viu no cinema em *Pigmalião.* A peça, que, ao que julgo, foi escrita de propósito para elas, não é excepcional, mas é uma obra bem construída, delicada, subtil, muito humana, com momentos de extrema comicidade e outros mais dramáticos e comoventes pelo que não chega a acontecer do que pelo que propriamente acontece. Sybil Thorndike, no papel da senhora envelhecida, que perdeu o marido e o filho, e para quem a vida não tem já qualquer sentido, é tão admirável de discreta arte, quanto Edith Evans, na grande dama promovida e frívola, que se recusa a penetrar a sério na estagnação trágica dos outros. E Wendy Hiller, na rapariga que ama silenciosa e desesperadamente um estrangeiro que não repara nela, tem cenas que dificilmente se esquecem, pela cruciante suspensão dramática com que, no teatro inglês, os actores tão surpreendentemente fundam a mais estrita observação realista com um halo de jogo, de acentuada estilização que, se nunca nos permite esquecer que estamos no teatro, precisamente nos oferece o superior prazer de assistir, mesmo numa comédia dramática sem excepcionais pretensões como esta, a grande teatro. E não se diga, na verdade, que as principais figuras dominam a representação. O extraordinário até está em que a presença dominadora é inteiramente emprestada às personagens, à importância delas na peça: do que resulta uma harmonia em que se não perde qualquer pormenor bem caracterizado por qualquer figura secundária. Como exemplo de arte de representar — como exemplo do que é o teatro em Inglaterra — acho estas *Waters of the moon* do Sr. Hunter uma coisa que vale a pena ver. E afinal, qualquer de vós que me escutais a podereis sem dúvida ver, quando em qualquer dos anos mais próximos se vos proporcionar o ensejo de vir até Londres.

Deus me livre de, numa carta, e estas crónicas são cartas, me perder em críticas teatrais balda do meu espírito para que pendo sempre. O que eu pretendi foi dar-vos uma ideia do que pode ser em Inglaterra o *teatro à solta*. Um *Romeu e Julieta* vale, principalmente, pelo gosto com que o espectáculo foi orientado, movido, encenado, etc., e por ver ... Shakespeare — o teatro feito linguagem por excelência, e declamado como esta gente aqui o declama: com «pompa e circunstância», que é citado de Shakespeare o título de uma música de Elgar que um amigo meu acha muito adequado à concepção britânica da vida.

Não nos esqueçamos, porém, de que, para o inglês médio sem inclinações poéticas, Shakespeare é assim um pouco como *Os Lusíadas* para o português de educação e categoria espiritual equivalente: uma coisa terrível, abstrusa e idiotamente gramatical, suficiente para ficar-se a odiar o autor e a poesia *tout court* durante a vida inteira. Ódio este, recalcado, é claro. Ninguém aqui confessa que *The tempest* de Shakespeare lhe causa, desde o liceu, calafrios ... de tédio; tal qual como em Portugal as pessoas respeitáveis veneram Camões, que não pode deixar de ficar abandonado aos *scholars*. Diga-se de passagem que, em Inglaterra, estes universitários são muito mais perigosos: têm tradições de cultura e de inteligência, que os habilitam a não só cortar os cabelos em quatro (o que lá há quem faça), mas também a bordar a matiz com os bocadinhos dos cabelos (o que, em Portugal, não vale a pena fazer, sobretudo depois de se ter já uma cátedra).

Mas voltemos aos teatros londrinos, que são tantos!... Está também em cena, desde Março, um drama de Terence Rattigan, chamado *The deep blue sea* (O mar azul profundo), com a celebrada Peggy Ashcroft. A crítica britânica aponta este autor como um dos valores ascendentes do teatro inglês. Esta peça, excelentemente bem conduzida e de uma saudável e corajosa franqueza, não traz, que eu tenha notado, nada de novo. Peggy Ashcroft, na grande senhora que fugiu ao marido para viver com um pobre diabo brutamontes, é que é arripiante e chocante de pormenorização dramática. Há cenas que confrangem tanto ou mais do que aquelas situações difíceis por que certas pessoas passam diante de nós, e nós desejaríamos sumir-nos pelo chão abaixo, não ter assistido, não estar ali. Esta Mrs. Collyer é uma devastadora criação, nimbada de sensualidade e de delicadeza, de áspera realidade não elaborada e da mais requintada poesia. Talvez muito disto afinal se deva ao autor do drama, mas, sem dúvida, se deve na maior parte à ciência com que Peggy Ashcroft evita elevar a peça ao nível trágico que poderia ter — precisamente para não perder o trágico mais irreconhecível, que é o da realidade banal de figuras como aquela, mesmo quando capazes de pensar e sentir a beleza do «mar azul profundo».

Estas duas peças de que vos falei, uma mais drama que comédia, a outra mais comédia que drama, ambas excepcionalmente bem representadas (excepcionalmente para mim, que para os londrinos é o pão nosso de cada dia a presença destes artistas e de tantos outros que não vi) e bem postas em cena, documentam duas facetas principais do melhor teatro corrente aqui: sem serem Shakespeare, não são pacotilha — que a pacotilha, em Inglaterra, pode a gente passar a vida inteira sem saber sequer o que seja. Claro que, em Inglaterra, como em Portugal, há público para tudo, há gente para tudo. A diferença é que em Portugal — ao contrário do que se passa nesta ilha (insularidade em grande escala, que é recato sem angústia de limites) — *não há* tudo para todos.

E como reage este público? Serão estes fleugmáticos britões mais frios que os meridionais portugueses? Puro engano — a fleugma britânica, como a pontualidade, é uma cantata. A fleugma é apenas natural ou por vezes *afectada* discreção. E a pontualidade ... enfim, existe rigorosamente cumprida ... por quem espera, e apareceu «exactamente» à hora marcada, com uma antecedência semelhante à das marcações para o teatro. Porque, aqui, em Inglaterra, não se bate à porta de ninguém. A pontualidade é ... principalmente ... a inexpugnabilidade de quem está no seu *office*, defendido por cortinas sucessivas de telefones, secretários, portas, porteiros, etc. Em Portugal, pensaríamos que uma pessoa assim inatingível está, lá para trás, limpando as unhas e a rir-se de nós. Em Inglaterra não está, porque acima de tudo respeita aquilo que defende: a sua *privacy*, a sua liberdade de não ser incomodado, inopinadamente, mesmo pelo melhor amigo. Pode tudo isto parecer-vos um sinal de medonha hipocrisia. E não será mais hipócrita a pretensa afabilidade com que nós, a todo o momento, fingimos abrir a porta de serviço do nosso coração? De resto, sem aquele mínimo de hipocrisia que pode perfeitamente, sem desprimor para ninguém, passar por mútuo respeito, a vida torna-se uma grosseira parada de encontrões sentimentais. Este povo inglês cultiva o sentimentalismo: delicia-se com umas melices musicais ou outras que nós, gente forte, desprezaríamos mesmo em programas de variedades ordinárias. Mas possui, a par disso, um extraordinário sentido do cómico, daquela comicidade tocada de uma certa ironia, uma certa ternura, uma certa resignação sincera em engolir um desapontamento, enfim, o *sense of humour*. Aquele sentido que, segundo me dizia há dias uma simpática rapariga inglesa, falta aos amadores de instrumentos de sopro, que se reúnem para tocar em bandas ... Mas que não falta ao público de teatro, que reage imediatamente, espontaneamente, sem a mínima afectação, e em uníssono, à graça de um gesto ou de uma intenção, ao caricato de uma qualquer frase propositadamente inoportuna. Uma espontaneidade que, para nós, conspícuos espectadores portugueses, é um pouco excessiva: nós que, se formos ver uma *tragédia*, já não somos capazes de nos rir francamente de um inter-

49

médio cómico que haja nela. Falta-nos muito Shakespeare na educação, é o que é.

Não quero encerrar esta curta viagem pelos espectáculos de Londres (e pelos espectadores também), sem me referir, ainda que de passagem, a um dos mais poderosos espectáculos que me tem sido dado ver: a ópera americana de Georges Gershwin — *Porgy and Bess*, que está em cena, com um merecido êxito retumbante, representada por uma extraordinária companhia de negros. Mesmo quem tenha aversão pela música séria não desconhece algumas das canções desta ópera. E estou certo de que os duvidosos da qualidade de uma «ópera popular» se curvariam rendidos perante a magnificência — encenação, representação, canto, música — deste espectáculo. Que nobreza, que humanidade, que arte no mínimo movimento destes actores! Que ciência dos conjuntos!

Não vi o *Romeu e Julieta*, mas tive a sorte de ver este «Tristão» clownesco e trágico, em que Gershwin, apoiado no romancista Dubose Heyword, consubstanciou toda a poesia do «negro americano», que, segundo um crítico disse, é a mais nobre contribuição para o carácter de uma cultura que a América pretende possuir. E vi também o público *inglês* comprimindo-se à porta da caixa, aguardando os artistas para humildemente lhes pedir autógrafos. Não sei se muitos portugueses, tão desprovidos de preconceitos, fariam o mesmo com igual naturalidade.

Afinal, de longa que esta carta já vai, eu sempre tenho conseguido ver alguma coisa. E não digo tudo: faltam o «Dido e Eneas», o recital da grande Marian Andersen, etc. Mas, para vós que me escutais e não vedes nada nem teatro em Portugal, que é coisa rara... Enfim, ter-vos-ei feito crescer água na boca?

QUINTA
CARTA DE LONDRES

É esta a penúltima carta de Londres que escreverei. Escrevo-a longe de Londres, e já com a premonitória saudade desta Inglaterra que em breve vou deixar — até quando? Ah! eu sei que terei de voltar... Mas, se não voltar, consolar-me-á sempre a ideia de que Londres existe, de que o seu encanto subsiste, e de que esse encanto me espera tal qual eu o recorde... Enfim, guardemos para depois este melancólico tom de despedida. Falemos londrinamente da Inglaterra que, ultimamente, tive ocasião de percorrer. Cerca de mil quilómetros de automóvel, desde Northampton a Sunderland, no mar do Norte, daí até às margens do mar da Irlanda, e regresso por outro lado, são alguma coisa que permite formar uma imagem dos aspectos e das pessoas, que nem uns nem outras encontrava como turista... De resto, naquele sentido estorílico de turismo, a Inglaterra é tão turística em certas regiões como qualquer outro país do Mundo. Esses aprazíveis locais mais ou menos praias e termas, têm, em geral, e precisamente, o particular atractivo de serem iguais em toda a parte — e até neles circula, também em geral, uma fauna que, naturalmente identificada com o *habitat*, é ou parece sempre a mesma. Mas, naquele outro sentido campestre e arqueológico, em que, em Portugal, achamos turística uma região, a Inglaterra, com excepção de alguns lugares extremamente selectos da história do sentimento paisagístico ou do sentimento literário, ou da história, *tout court*, a Inglaterra, repito, *não o é*. Para nós, um desses lugares turísticos compõe-se, pelo menos, de um monumento nacional reintegrado na traça primitiva, anterior à do primeiro arquitecto (que é o que «primitivo» quer dizer), de uma paisagem luminosa e limpa de outras obras humanas, e de uma humanidade modesta, vivendo à sombra do monumento, como é possível viver-se à sombra de algo que morreu. Em Inglaterra, não. Os monumentos ou são ruínas pitorescas com a celebridade de séculos, ou são edifícios vivos, a que os conterrâneos estão sempre acrescentando mais uma sala imensamente gótica. E a paisagem que os rodeia é uma paisagem que há mais de um século se acostumou às chaminés de fábricas, de oficinas, de minas, etc. Uma paisagem em que se fundem constantemente, a zona industrial, o aglomerado urbano, o campo verdejante, o arvoredo de um parque e as pedras vetustas de qualquer velho solar, de que o par do reino, seu dono, sustenta as telhas com os bilhetes das visitas... Se, numa gravura, se quisesse representar a Inglaterra, deveríamos compor o seguinte quadro: umas colinas entre agrestes e verdejantes, ao fundo; a meio uma torre gótica, rodeada de chaminés fumegantes, e à frente, num prado de apetitosa relva, vacas pastando, um comboio passando do comprimento da légua da Póvoa, e um bando de gansos conspícuos, condenados à pureza do Natal e à industrialização do *foie-gras*. Claro que isto varia, de zona para zona — e é curioso notar como, de certo modo, os condados correspondem a zonas paisagisticamente diferenciadas... Mas, na paisagem-síntese que esbocei, esqueci-me de alguns adereços importantes: o ar sujo, que faz com que uma camisa vestida de manhã pareça, à noite, que foi vestida oito dias antes; o ar húmido e negro das casas de tijolo enegrecido ou de enegrecidas pedras, e dos pavimentos sombrios; e a monotonia das moradias todas iguais, em correntezas intermináveis de tijolo, vidraças e cortinas. Ante estas ruas que as grandes aglomerações industriais provocaram, a gente compreende angustiosamente aquelas anedotas de bêbados que não conseguem encontrar a porta de casa, ou acordam num *sweet-home* de qualquer «vizinho»... que mora do outro lado da cidade ... ou noutra cidade a duzentos quilómetros de distância. Na claridade nevoenta, fica-nos dessas casas, uma memória de chaminés fumegantes ... — ah, não se sabe nesta paisagem qual é a parte dos fumos ou a das neblinas ... — não se sabe qual é a parte do encantamento da atmosfera, ou a parte do encantamento sinistro de umas luzes variegadas, que apenas se sobrepõem a uma escuridão resistente ... E, todavia, ao virar-se uma curva da estrada, pode ter-se a visão deslumbrante da Catedral de Lurkam e do castelo normando, suspensas de uma irizada e translúcida nuvem ... Pode encontrar-se, numa aldeia das extremidades do Shropshire, um pequeno castelo, à beira da estrada, mirando-se no seu fosso como há séculos ... Pode atravessar-se uma cidade como Chester — e ter-se a sensação de que, apenas com as facilidades da luz eléctrica, retrocedemos aos séculos XV ou XVI, naquele mar de arcadas, galerias, casas que avançam sobre a rua, igrejas, arcos, muralhas, torres e janelas ... E pode parar-se num *inn* à beira da estrada, e, entre a lareira e a cerveja, conversar como amigo de infância com pessoas que nunca vimos nem tornaremos a ver ... sem, previamente, termos feito apresentações e sem posteriormente, acabarmos, como em Portugal, fazendo confidências ... É esta mistura de reserva e exuberância que, em Inglaterra, tanto atrapalha o latino e, em especial, aqueles tipos europeus ou americanos, pretensiosamente expansivos, que são tidos como exemplares da latinidade. Ao contrário do que, em geral, se supõe, o inglês é mais comunicativo do que nós e, sobretudo, mais familiar no trato. Precisamente porque não há razão nenhuma, além das de convívio humano, para ultrapassar os discretos limites da familiaridade necessária, é que os tais latinos se sentem excluídos, enregelados, perante uma sólida muralha de familiaridade. Nós, no meio de outras pessoas, contamos sempre com os outros; e esta familiaridade circunspecta ensina-nos abertamente aquela verdade que no fundo sabemos que, no meio dos outros, devemos *sobretudo* contar com nós mesmos. É esta mesma consciência da realidade que torna por vezes tão chocante a franqueza da política britânica; e é essa mesma consciência que permite aos ingleses um sentido tão natural da fantasia, do jogo, da acção. Só de facto quem aceita assim a realidade das coisas e das pessoas, pode por sobre ela erguer a fantasia exuberante das mais diversas possibilidades. Mas onde estão essas possibilidades na monotonia dos edifícios, da verdura, da névoa, das torres góticas (dado que o gótico aqui é uma coisa de todos os dias, como um vago barroco de província o é em Portugal — sim, onde estão? Como é possível? Se é tudo tão igual em toda a parte? Desde a *nice cup of tea* até às ervilhas de lata? Desde a profusão dos bebedouros para a profusão das variedades de cerveja até ao aperto compacto em que esta gente se reúne para obsequiar-se interminavelmente com copos e canecas? Facílimo seria responder que a tradição teatral — dramaturgos, actores, encenadores e público — aí está, gloriosa e evidente. Mas eu não queria chegar ao fim tão depressa, arrastando os meus ouvintes com magias fáceis, ainda que profundas e autênticas. Eu creio já vos ter dito, daqui, algo a este respeito. Seria talvez que é, sob uma aparência de exterior uniformidade, que se diluem e perdem importância as aparências superficiais — que se cultivam, como diria o conselheiro Acácio (ou seria o próprio Eça? — que, diga-se de passagem, com a sua ironia tão bem compreendeu a Inglaterra) — as «flores raras da personalidade». E não há dúvida que, como as outras flores que tem de estufa, o inglês cultiva cuidadosamente essas. E cultiva-as de tal modo, que as pessoas aqui chegam a associar-se, com estatutos e tudo, para se garantirem o direito de ser diferentes. Há sociedades para protecção da relva, para defesa da horizontalidade da terra, para difusão da crença de que o Mundo acaba no ano 2000 — enfim, para qualquer coisa inverosímil que o ouvinte imagine. O sentido do inverosímil, do que não faz sentido, é uma tradição do espírito britânico que a literatura inglesa concretamente reflecte. Ora o que não faz sentido é precisamente aquela absurdidade de sermos diferentes uns dos outros, quando tudo, desde a maneira de nascermos, conspira para sermos iguais — ou, o que vem a dar na mesma, a absurdidade de sermos iguais, quando tudo contribui para nos separar uns dos outros. Esta trapalhada de palavras, este jogo — eis exactamente o que a paisagem inglesa proclama. E a paisagem inglesa, numa ilha inteiramente povoada e cujos recursos estão todos em activa exploração, não pode deixar de corresponder exactamente à sociedade que a cria, a transforma ou se lhe adapta — a ponto de não sabermos já se a paisagem é humana, ou se os homens se tornaram parte integrante da paisagem. Ainda ontem, passeando pelos páteos sombrios e pelos corredores, como o fantasma de Ana Bolena, de Hampton Court, o palácio do cardeal Wolsey e depois do celebrado Henrique VIII, cuja vida privada toda a gente viu no cinema; ainda ontem, no meio daquela massa de tijolo e de janelas Tudor, agachada no meio de jardins ainda em Novembro esplêndidos, eu afinal pensava nisto ... e em que a Inglaterra não é propriamente bela, mas antes como aqueles rostos assimétricos, estranhos, «inharmónicos», que nos encantam por uma superior harmonia de traços grosseiros, delicadamente desarrumados. É o caso de Trafalgar Square, em Londres. Nalguma parte a gente admitiria a misturada de estilo dos edifícios, que não aqui? Que há de extraordinário em que uma janela gótica apareça no meio de uma fachada moderna? Que há de extraordinário em que um senhor de coco e colarinhos altos vá sentado, no *underground*, ao lado de uma senhora de calças e de cigarro pendurado ao canto da boca?

Mas, afinal, eu meti o lamiré do teatro, nestas filosofias todas — e será que eu só queria, desde o princípio, dizer-vos que vi o *Romeu e Julieta*, na magistral produção da Old Vic? A gente, em Inglaterra, dá muitas voltas, às vezes gosta, outras vezes não gosta, magoa-se, alegra-se, encanta-se — e acaba caindo em Shakespeare. Deus me livre de dissertar acerca dele. Mas é que eu, se não falava desse espectáculo, rebentava, positivamente, rebentava. Desde a beleza dos cenários e da movimentação geral à categoria da representação, tudo foi criado de propósito para nos fazer ouvir o mais claramente possível a juventude trágica daqueles dois amantes. *Romeu e Julieta* é a tragédia da precipitação juvenil — a juventude que se perde na vida ou na morte, com querer-se vivê-la sem aguardar as oportunidades que a velhice escolhe. Ficou-me nos ouvidos, para sempre, a música não só dos versos mas do bailado trágico que é a peça inteira. E chorei e ri com o público, em uníssono com o que se passa no palco. De resto, o terrível do teatro de Shakespeare é que tudo aquilo se passa eloquentemente, pomposamente, brilhantemente, no palco — e, silenciosamente, modestamente, obscuramente, dentro de todos nós. Por isso, quando, no fim a luz desce sobre os dois cadáveres abraçados numa meia desordem, não sabemos se é teatro, se estão mortos, ou se são apenas dois amantes dormindo serenamente nos braços um do outro. Como Romeu e Julieta, pertencemos sempre todos a duas famílias inimigas. Como eles nos desencontramos sempre, depois de nos havermos encontrado uma só vez. E, também como eles, adormecemos serenamente, sempre que o amor ou a morte nos conduzem.

Esta diversidade, este sentido do teatro, este ... mas — Deus meu? — depois de vos falar de um encantamento como o dos amantes de Verona, será necessário explicar-vos mais alguma coisa?

SEXTA
CARTA DE LONDRES

Quando me ouvirdes, habituais ouvintes da BBC, já terei partido de Londres e da Inglaterra ... mas, como que num supremo esforço para me não separar deste encantamento, terei deixado atrás de mim a minha voz ... esta que ouvis ... — e, se, afinal, como suponho e alguns supõem comigo, sou um poeta, que melhor sobrevivência ainda que por um ou dois escassos dias, poderei eu jamais deixar que não a minha voz?

Aqui a tendes, pois; e ouvi-la-eis já cheia das saudades nascidas só de aproximar-se a partida, quando essas saudades já estarão crescendo nela como perfumadas e espinhosas flores. Perdõem-me estes arroubos líricos — mas apelo para quantos já visitaram a Inglaterra com a consciência de que visitavam uma grande nação, que tinham motivos para admirar, e uma cidade — Londres que era a maior do mundo, e partiram *sem consciência alguma* ... porque levavam apenas uma penetrante recordação de um dos melhores dos mundos possíveis. Mundos há muitos, ou pode haver, ou pode ser que tenha havido. E é possível que para muita gente haja outros melhores. E não há de resto melhor lição para bem nos conhecermos a nós próprios do que passar uma temporada no meio da gente que fala outra língua, vive outros costumes, e nos é estranha, por muito que para ela nos sintamos atraídos. Porque os ingleses não fazem o mínimo esforço para explicar os seus costumes ao estrangeiro que os visita ou vive provisoriamente no meio deles. Ao contrário de nós, em Portugal, tão agudamente conscientes e pouco ingénuos de como vivemos, e sempre antecipando-nos com as nossas dúvidas às dúvidas de um estrangeiro, o inglês vive, agita-se, palra, come, bebe, dorme, etc., como se nós fôssemos tão invisíveis como qualquer dos seus compatriotas. E cada um de nós, que andamos sempre convencidos da nossa refulgente presença — ai estranha-se muito! lá isso é verdade. E o pior é que se perguntamos *como é* ou *porque é* — olham-nos com espanto, e não são capazes de explicar coisa nenhuma, porque nem chegam a entender que a gente não entenda. Claro que não haverá povo no Mundo mais naturalmente atencioso, mais capaz de informar — não sei se já vos falei de uma velha senhora londrina que percorreu um quarteirão de Oxford Street para me mostrar *de perto* a estação de correio que eu procurava. Chega a ser preciso ter muita paciência para aguentar a minúcia com que somos informados de tudo, a respeito seja do que for, como se fôssemos meninos pequenos, chegados na cestinha, e totalmente ignorantes das transcendências de, por exemplo, um impresso de telegrama. Nós, portugueses, que apanhamos tudo no ar, e para nós próprios é ciência o fingirmos que sabemos, como aquele ar de reserva iluminada, que fazia a glória do Pacheco, cuja testa brilhava de sabedoria! Aqui não há brilharetes possíveis — ninguém ouve ou toda a gente fica chocada com uma narrativa directa que acaso façamos — tal é o sentido do particular de cada um, que é a essência da Inglaterra — um povo extremamente bisbilhoteiro, que se educou numa dieta de discreção. Porque é indiscreção discutir política, ou contar mais que generalidades da própria ou da alheia vida. As amizades, mesmo as amizades, são, ao que julgo, mais uma camaradagem silenciosa que o confessionário fantasista, que costumam ser nos nossos hábitos. E, no entanto, os ingleses sabem ou procuram saber, das pessoas que lhes interessam, absolutamente tudo o que for possível saber-se. Chega a ser cómico observar o ar disfarçado com que, em qualquer sítio público, toda a gente olha para alguém que, por qualquer motivo, se evidenciou. Mas ninguém diz nada ... — e tudo se passa como se nada tivesse acontecido. É assim com tudo; e contam-me que era assim durante a guerra, quando lhes acontecia pela cabeça abaixo tanta coisa.

Mas estou a falar-vos da Inglaterra como se continuasse a observá-la ... — e, às horas em que me ouvis, já ela é um conjunto de impressões prestes a transformar-se em maravilhas ou em deliciosa comédia, segundo os humores do momento ... Nunca vos falei, aliás, senão de impressões, e de impressões minhas ... — não é possível, sei-o bem, formar qualquer juízo em algumas semanas, por muito que sejamos integrados, como outra qualquer peça do relógio, numa vida quotidiana que possa viver-se num país que já conhecíamos e estimávamos através das mais altas manifestações do seu espírito. Fiz o que podia fazer: trouxe-vos comigo pelas ruas de Londres, levei-vos para uma volta pela Inglaterra, visitastes de corrida alguns museus — os mais importantes — de Londres, falei-vos das peças de teatro que vi e comigo deambulastes por alguns monumentos notórios. Eu sei que é muito pouco: e a que ponto o sei, em vésperas de deixar a Inglaterra para voltar um dia ... Mas procurei que nisso tudo houvesse um pouco mais — aquilo que de encantamento me ia na alma. Poderá parecer ridículo a muita gente este embevecimento, que julgo não é cego, pois que é exactamente igual ao dos nossos compatriotas ou outros estrangeiros que aqui vivem, e com os quais tenho trocado impressões. E acho importante e significativo sublinhar que são eles, os que cá vivem, quem pelo nosso embevecimento de visitantes eventuais procura verificar a realidade do seu próprio embevecimento. Se uns e outros o sentimos e uns pelos outros nos aferimos, não duvidareis de que o encantamento exista de verdade. Ainda assim vos poderá parecer ridícula e provinciana a minha atitude. Mas ... — aí está uma coisa que a Inglaterra me ensinou, em tão-pouco tempo, a não temer: o ridículo, esse pavoroso guardião dos nossos gestos, das nossas palavras, das nossas reais preferências de portuguezinhos valentes. Aqui, podem crer, até os mais sabidos, os mais patifes, conservam uma pontinha de inocência — ninguém se ri de outrem com maldade. Mesmo quando sobre alguém fazem cair cortinas de silêncio, os ingleses não o fazem por maldade, mas por obediência estrita e convicta a uma secura virtuosa que vai sendo, para eles, uma das mais antiquadas peças de mobília. E não é que não amem encarecidamente as velhas coisas: a tal ponto as amam, que fazem as novas logo com aspecto de muito velho. Não sei ... talvez porque eles próprios, homens e mulheres, conservam tão longamente um aspecto juvenil. Mais exactamente, o povo inglês tem três estádios: a infância, que acaba ao começarem a esgalgar-se; a adolescência, que dura, com netos e tudo, até à velhice, e a velhice, em que retomam o mesmo olhar húmido, aberto, largo, da primeira infância, de modo que a gente nunca sabe se um rapaz tem quarenta anos, ou uma respeitável senhora tem só vinte ... uma frescura do rosto, uma ligeireza específica do andar seguro, uma elegância de gestos — isto é comum a toda a gente, por diferente que seja. E são bem diferentes todos. Há altos e baixos, gordos e magros, louros e morenos, pretos e brancos, indianos, chineses, etc. — o que eu nunca vi, no meio deste desfilar de distinções (porque até o *barman* de qualquer *Public House* é uma pessoa distinta), foi uma daquelas inglesas miríficas que são lendárias no continente e até às vezes possuem palácios em Veneza. Aquele ar de lunetas e bengala, mesmo quando as não usam, inclino-me a crer que é um disfarce com que estas mulheres percorrem incógnitas a Europa. E é um prazer saborear auditivamente as vozes desta gente: tão diversas na pronúncia, que às vezes eles próprios se não entendem uns aos outros à primeira, e tão semelhantemente ricas na subtileza com que, pela entoação, subtilizam as intenções escondidas no que estão dizendo. Só depois de ter vindo a Inglaterra a gente compreende a multidão de coisas que é possível *dizer*... com um *I am sorry* (cuja escala varia entre o mais recurvo respeito à mais descarada ironia) ... ou um *I beg your pardon* (cuja escala, vastíssima, compreende tudo, da mais estrita humildade à mais violenta indignação). Língua riquíssima quando escrita (veja-se a grande prosa desde um Sir Thomas Browne a um Sir Osbert Sitwell), ou a grande poesia (de um Shakespeare a outro Sitwell — Dr. Edith Sitwell), não se pode dizer que, no meio da volubilidade com que esta gente fala constantemente (num ambiente de familiaridade que, em Portugal, acharíamos absolutamente *shocking*), o vocabulário ou a sintaxe sejam muito ricos — tudo está na intenção, num piscar de olhos, num arquear das sobrancelhas, até nas formas que a boca vai tomando ao emitir os sons. Dizia-me um inglês que esteve no Brasil que o que lá mais o impressionara fora que as pessoas em vez de falarem com a boca falavam com as mãos ... Falto à verdade, que mais ainda o impressionara e aterrorizara aquilo que, em Portugal, o pintor Botelho imortalizou num boneco chamado «Escarra e cospe»... Quem diria que, neste país de nevoeiros e humidades tão favoráveis aos catarros, essas actividades seriam daquelas que ninguém pratica à vista dos outros ... — mas é verdade. Tudo o mais — só se esconde para maior intimidade e conforto.

Se um par está metido num vão de porta, podem estar certos de que não é só para se abrigar da chuva; mas podem estar certos de que se estão ali e não à beira do passeio... aí foi só por causa da chuva e não por nossa causa... Para nós, chega a ser surpreendente a exibição natural de sensualidade franca deste povo: as pessoas tocarem-se por mais que brincadeira, os pares estreitamente enlaçados, etc., sem a mínima vergonha e sem a mínima malícia... e não me venham nunca mais falar da frieza nórdica em comparação com as efervescências meridionais. Tudo está em ser-se naturalmente discreto, mesmo em público. Sim, parece-me que, se o clima influi nalguma coisa, é apenas na naturalidade educada.

Discretamente, pois, me despedirei da Inglaterra e de vós que me ouvis falando nela e dela. Levo comigo tantos catálogos, tantos guias, tantos programas do que vi — tudo isso folhearei, longe daqui, rememorando. Mas quanto ao resto — as pessoas e as coisas — só poderei folhear saudosamente as páginas da vida que vivi aqui; páginas de um livro confuso, em que as imagens se interpenetram e sobrepõem, coloridas suavemente, apenas por vezes muito verdes, de uma verdura incrível. Nevoentas como a própria atmosfera inglesa em que há sempre outros planos de que emergem, vagas, uma chaminé, uma torre, uma massa sombria de algum prédio enorme, sobre o qual as luzes de néon o tornam mais escuro. Povoadas dos rios humanos fluindo amarelados e solenes como o Tamisa perante as Casas do Parlamento e o Big Ben, e sob as numerosas pontes de Londres. Ou vazias de gente, como qualquer rua da Inglaterra às onze horas da noite ou num domingo à tarde — tão vazias, que nos sentimos acompanhados pelo eco dos nossos passos sobre lajes, ao longo de recantos fantásticos ou de passagens caprichosamente tortuosas, como ao longo das mais largas ruas que numa curva se perdem mais depressa que no nevoeiro. E, por sobre tudo, de tudo isto, destas páginas do meu livro da memória, evolar-se-á um perfume que reconheci — uma mistura de ar campestre, de fumo, de maresia, de tintas de navio, de mercadorias nos armazéns do cais — algo do que se contém, parte em *L'invitation au voyage*, de Baudelaire, e parte na *Ode Marítima*, de Fernando Pessoa, e que, desde a minha infância, se continha no mais fundo do meu coração.

Por isso é que, quando cheguei a Inglaterra, havia qualquer coisa na forma dos objectos, na maneira de os pintar com espessa tinta, que eu já conhecia. E, de futuro, nunca mais saberei se os navios é que são como a Inglaterra, se a Inglaterra é que é, como os navios, este convite a partir e a voltar, essa segurança pomposa do transatlântico, ou a graça, que se vai perdendo, de um veleiro gentilmente inclinado sobre as vagas... Adeus, Inglaterra; adeus, Londres — e, quem sabe?, até à volta.

INGLATERRA
REVISITADA

Quando, pela primeira vez, há cinco anos, fui a Inglaterra, nada conhecia da Europa. Nem sequer a Espanha. Embora conhecesse quase todas as ilhas do Atlântico — Madeira, Açores, Canárias, São Tomé, Cabo Verde —, alguma África, e tivesse estado ainda que brevemente no Brasil, nunca passara a fronteira. Foi, curiosamente, como que quebrar um «enguiço». Desde então, vi muita Espanha. E, quando há poucos meses voltei a Inglaterra, tive ocasião, depois, de conhecer mais alguma Europa. Mas eu vim aqui para falar-vos da impressão de Inglaterra ... Sim — e é por isso mesmo que principio por apresentar o meu currículo de viajante. Não sou, infelizmente, um *globe-trotter*; e nem sequer em imaginação, porque detesto a literatura de viagens, as descrições de países distantes, as impressões exóticas, ou os comentários mais ou menos subjectivos aos países que vimos a correr, com os olhos no sensacional, ou de olhos fechados pela estupidez do nosso subjectivismo. Quer isto dizer que, no fundo, detesto isto mesmo que me propus vir comunicar-vos. Eu nunca vivi longamente em Inglaterra, nem convivi habitualmente com ingleses. Tudo o que eu dissesse faria sorrir não só os cidadãos britânicos, como as pessoas que identificaram os seus hábitos e as suas preferências com os hábitos e preferências do Reino Unido. Mas, se pensarmos bem, não há — para lá de um mínimo de experiência ou de convívio lúcido — quem acerca de um país não julgue mal. Enganam-se em geral os naturais, por embrenhados numa estreita rede de interesses e costumes, levados por todo um complexo de ideias de família, de educação, de circunstancial meio ambiente. E enganam--se muito os viajantes, quer quando levados por uma qualquer preconceituosa embirração apenas vêem ou sobremodo destacam aqueles aspectos que os confirmam na opinião que levam feita sobre um grande ou pequeno povo, quer quando, rendidos aos prestígios de uma civilização ou de uma cultura, mergulham no que julgam ser só a harmonia límpida de uma civilização ou de uma cultura empenhadas em serem ilustres, brilhantes, de primeira plana. Se toda a gente se engana, porque não hei-de enganar-me eu próprio, desde que do engano provável tenha consciência? Conhecendo-se bem a literatura e a história de um país tem-se dele o mínimo de experiência ou de convívio que preconizei como indispensável — e pode-se, muitas vezes, saber distinguir, naquilo que, no contacto pessoal ou visual, nos choca, a parte do ocasional, do momentâneo, e a parte mais profunda, mais demorada, mais de longe. Aquele que vive num país, por muito que lá viva, pode não ter a disposição própria ou os interesses de espírito que o levam a discernir entre os hábitos de um grupo, de uma classe, de uma cidade, de uma província, e aquilo que desses hábitos participa, numa dada época, num certo denominador comum nacional. Eu não creio, devo afirmar, em espíritos nacionais, em génios peculiares aos povos, na imutabilidade eterna das nações. Tudo isso é apenas expressão de determinadas correlações históricas, e na maior parte dos casos só chegam a definir-se plenamente quando um ciclo se completa, e aquilo que um povo orgulhosamente supõe ser o seu destino deixou de ter qualquer significado na cena mundial. Devo afirmar igualmente, e para evitar *misconceptions*, que também não acredito na supremacia mítica de quaisquer classes, independentemente das pessoas que as constituem. Eu tenho para mim, e nisso sou um liberal incorrigível, que não há nação, nem povo, nem classe, nem nada, que valham a integridade de um espírito e da pessoa que fisicamente o representa. Por isso me interessou sempre tanto a experiência que a Inglaterra moderna tem levado a cabo, embora nem por um momento me esqueça que um *Welfare State* realizado no seio de uma sociedade capitalista, por métodos reformistas, postula necessariamente um império colonial e uma rede de investimentos internacionais que o paguem. O bem-estar de muitos, sem sacrifício relativo de toda uma estrutura, ou em função dela mesma, por justa que seja, é um luxo caro — e creio que até a nós os ingleses deverão um pouco da sua segurança social. Poderíamos dizer que, com o bom senso que os caracteriza modernamente e como nação de hoje (que o bom senso dos ingleses na Idade Média ou em outras épocas é uma coisa muito hipotética), fizeram as coisas a tempo, lançaram a tempo as bases de uma revolução pacífica, enquanto havia dinheiro para fazê-lo em paz. Eu não conheço senão da literatura a Inglaterra anterior ao *Welfare State*. Mas essa, dada a natureza peculiar do romance inglês nos séculos XVIII e XIX, ou do memorialismo que o paralisa ou prolonga, podemos conhecê-la bastante bem para sabermos como viviam ou como eram as diferentes pessoas nos diversos meios: é então que devemos sempre, pelo conhecimento de obras históricas ou biográficas, fazer a correcção, às vezes enorme, das personalidades dos outros. A Inglaterra vitoriana foi igualmente a de Dickens, a de Thackerey, a das irmãs Brontë, a de Trollope, a de George Eliot, e não foi exactamente nenhuma delas. Como não terá vivido e morrido com o esplendor e o brilho e a estranha vibração humana das criaturas peculiares que Sir Osbert Sitwell rememorou, *before the bombardement*. Aldous Huxley, John Galdsworthy, Priestley, D. H. Lawrence, Graham Greene, Angus Wilson, que, diversamente, nos poderiam dar uma Inglaterra posterior, dão-nos com ela muito de si próprios, das suas visões do Mundo. Em muitos casos, como o de Lawrence, é só nisso mesmo que estão interessados, e o resto nem por ocasional ainda que irremediavelmente acréscimo. Não — a literatura é muito má conselheira para conhecimento dos povos. Tenho visto eruditos lusófilos estrangeiros que não fazem a mínima ideia do que temos sido ou do que somos actualmente. O conhecimento por via literária tem de ser cauteloso e desconfiado ... para o estudioso não cair nas asneiras do historiador que escrevesse a história social de uma época pelas constituições e pelos *Diários do Governo*, a começar logo pelo código de Hamurabi. Mas a história, a filosofia, a sociologia associadas às belas-letras permitem alguma correcção — sobretudo permitem um interesse esclarecido, um amor desinteressado, um espírito de tolerância e de justiça, que o apaixonado das letras, com as suas idolatrias, ou o apaixonado da vida de convívio, com as suas inibições, não podem atingir. Nada há pior do que a fascinação pelo individual ou pelo colectivo. Sempre me custou a aceitar, como uma inferioridade ridícula do espírito humano, o platonismo literário dos poetas do Renascimento, cujas amadas teóricas eram supra-sumos monstruosos. Camões merece-nos a admiração de vermos que estava, no fundo, sempre falando de outra coisa, que era o próprio espírito. E por isso é tão salutar a mórbida obsessão do grande Swift informando-nos e informando-se a ele mesmo de que a divina Célia fazia o que todos os mortais fazem, desde que regulem bem. Há cinco anos, eu não me livrara de uma certa fascinação. Ora vejamos. Vou ler-vos a primeira e última das «Cartas de Londres» que a BBC então me convidou a escrever.

Como vedes, eu vinha muito lírico, escrevera coisas muito bonitas, que não vos li sem certo constrangimento agora, e à maneira de quem põe um cilício para se castigar. E, afinal, voltei cinco anos depois. Um pouco mais velho, e sobretudo um pouco mais farto do meu patriotismo tão incomodativo, que me impede igualmente de ser um «estrangeirado» em plena inocência, e um *nacionalista* em pleno cinismo... — as duas únicas atitudes perfeitamente adequadas à do homem que se não presa ou que não sabe a que ponto de facto se não presa. Cinco anos, no mundo de hoje, é algum tempo; em Portugal, como sempre, uma eternidade. A Inglaterra que vi — e fui a sítios onde não fora e não voltei a muitos onde estivera — estava bem longe de ser a mesma, embora mantivesse aquele ar de *mesma*, que aliás partilha com outra Europa. Para nós, portugueses, aos quais os terramotos da terra e os da estupidez, tem privado sempre de qualquer conservantismo concreto — e por isso a conservação e o tradicionalismo são tão ferozmente teoréticos entre nós — a Inglaterra, a Espanha, a França, a própria Bélgica (país novo no local de uma das mais civilizadas regiões da Europa), manteve estranhamente vivo, nos seus usos e nas casas, um mundo que para nós ficou nas páginas de Eça de Queirós. Londres ou Paris são, para nós, as mesmas que ele viu, com uma população em avanço sobre nós. Se o nosso tempo, como querem alguns falsos profetas, fosse a origem dos tempos, a contraprova estaria na sensação de mistura extravagante de cinquenta anos atrás e de cinquenta anos à frente que os países da Europa nos dão. Mas o motivo é outro: os grandes países da Europa vivem ainda dos rendimentos e das casas, que datam do tempo da sua máxima expansão, o fim do século passado. E esses rendimentos e essas casas abrigam tudo, sustentam tudo: os «pseudo-existencialistas» em França, os *teddy-boys*, em Inglaterra, o ar de senhores do Congo com que os belgas se movem. Mais rapidamente do que os outros, nós, portugueses, deixamos morrer tudo. Bem mais que os espanhóis, ansiamos pela efémera consagração da morte, não como prolongamento natural da vida, que continua, mas como fecho artístico, imaginoso, uma intrugisse de necrológio amável. Em poucos países do mundo, como entre nós, as pessoas ao morrer se santificarão tanto, por oito dias, para mergulharem no mais egoístico dos esquecimentos. A nós, povo secular, com uma história prodigiosamente extraordinária, mas estranhamente sem passado, como que nascidos individualmente de novo para a consciência, da letargia secular de uma população que nasce e morre sem o saber, são sempre admiráveis e um pouco irritantes os outros povos: os velhos, por terem um passado que a nós pesa como alheio, os novos, por não terem isso mesmo que, contra-vontade, nos garante. Nesta estadia em Inglaterra, eu tive ocasião de visitar Oxford, e Cambridge, Stratford-upon-Avon, e Windsor, que não vira da outra vez, em que tivera a sorte de conhecer Durham ou Chester. Eu julgo Cambridge, com Bruges e Granada, uma das terras mais belas do Mundo, pelo menos do mundo que conheço e não é muito. É certo que, pelos museus, pelos livros de história, pelo cinema e pela fotografia, nós por paradoxal que pareça conhecemos muito mundo, estamos em condições de ter, dentro de nós, uma visão mais nua do humano na sua diversidade no tempo e no espaço. Eu recuso-me a considerar que o homem, hoje ou ontem, em qualquer lugar não seja ou não tenha sido exactamente como nós. E acho de uma barbárie intolerável que os povos e as nações se julguem detentoras de especiais virtudes ou guardiões da humana ou divina verdade. Tudo isso há que merecê-lo; e uma nação em sua história — como a consciência de um indivíduo — é um tal acervo de traições e infâmias sempre, que nenhuma pode arvorar-se em mais que as outras. As mesmas religiões, com todas as suas hierarquias, agremiações e escolásticas, só vale na medida em que a Graça, ou o que quiserem chamar-lhe, ilumine as boas intenções de toda a gente, aquelas boas intenções de que, ao que consta, parece que o Inferno está cheio. A Inglaterra criou um enorme império, que está sabendo perder por forma a não perdê-lo, ou a protelar quanto possível o irremediável da História. Numa Inglaterra revisitada como a que vi — e há cinco anos eu revisitara algo que mentalmente percorrera muito — é talvez esse o traço mais curioso: a deriva de uma grande potência para a humildade humana. Nós nunca fomos, nem nas horas mais brilhantes da nossa talassocracia, um povo poderoso, um árbitro de políticas. E talvez que o envelhecer bem, com juventude, seja apanágio dos que foram realmente grandes e poderosos, como na vida individual só envelhecem com dignidade os que viveram muito intensamente e não os fogachos sem consciência. As pequenas nações, mesmo quando deram à luz outras nações, são como as solteironas raivosas, sempre ciosas dos seus trapos, e invejosas dos filhos dos outros. A muitos viajantes tem chocado, na Inglaterra como aliás em França, o que lhes parece uma certa dissolução de costumes, um decair das prosápias racistas ou puritanas. Notei, em cinco anos de Londres, uma certa diferença. Cheguei a julgar que as brigas com o barbeiro, peculiares a Saint-Germain des Prés, como as fatiotas exóticas, se haviam mudado para Chelsea. Depois, reflectindo melhor, concluí que não. Por muito que custe aos amantes infelizes da respeitabilidade e do imobilismo, está nascendo por toda a parte um novo mundo. E não se pode exigir que os filhos do *Welfare State* — nos países onde, sob uma forma ou outra o há — aprendam de um momento para o outro o que seus pais e avós não sabiam, ou estimem aquilo mesmo que foi, *de facto*, o símbolo exterior de uma respeitabilidade que se alimentava da indignidade de seus pais e avós. Os «rebeldes sem causa», os *teddy-boys* emplumados como perus ou pavões, a brutalidade gratuita, mesmo os crimes gratuitos reservados anteriormente aos Lafcadios da estabilidade burguesa ou aristocrática (e no fundo sempre vingança dos desajustamentos devidos a uma ascenção ou uma decadência na importância social) não têm outra origem. E são menos imagem de um mundo que nasce, embora sejam sintomas, que caricaturas trágicas do mundo que morre. Nem outro sentido tem, por exemplo, a nostalgia das épocas douradas que se sente, paradoxalmente, nas peças de um John Osborn. É um novo-riquismo passageiro, como o nacionalismo extremo e aristocratizante dos criados de quinta promovidos a ... Mas, mudando de assunto ...

É norma da mediania literária e da presunção das pessoas no fundo pouco cultas ou educadas, ter por certo que o país de cada um é o mais belo do mundo, que os monumentos dele são, no seu conjunto, monumentos únicos na história da arte. Em Portugal, é correntíssimo este vício. Países mais belos que outros, sem dúvida que os há, descontando a percentagem de feio que em todos haverá. Mas nós, pela pequena escala da nossa extensão — não transferível em consciência para um Brasil, por exemplo —, pela peculiaridade provinciana das nossas povoações, pelo primitivismo de muitas, aliado a um embonecramento de fachada que é sintoma nítido dos nossos caricatos complexos de inferioridade, confundimos demasiado o pitoresco e o belo. Assim como nos monumentos confundimos, muitas vezes, já no plano culto (e quem diz monumentos artísticos, di-los literários), a importância arqueológica com a beleza intrínseca. Eu creio, sem favor, que a Inglaterra é bela, por muito que a desfeiem as intenções fabris, mineiras, etc., que, sobretudo em certas regiões, a retalham e sujam. Mas a beleza, mesmo a das paisagens, é em muito uma criação humana — por ocupação ou por oposição. O que se sente na Inglaterra, como na França ou na Bélgica — e talvez seja assim também, em certa Itália e em certa Alemanha, Áustria e Boémia — é uma natureza humanizada. Sente-se no alinho majestoso dos campos e das árvores, uma superfície inteiramente ocupada, através dos séculos, pelo homem. Noutros países, como a Espanha em grande parte, vemos que o homem marcou com o seu selo, com a concentração desesperada ou resignada dos povoados, uma natureza áspera, agreste e dura. E o que dá à nossa paisagem uma peculiar melancolia, bem diferente da tão fina da Inglaterra em suas tardes verde-ouro, ou da tão altiva da Espanha ao pôr do sol rubro-castanho das planuras, é — nem ocupação, nem ilhas de solitária permanência, mas uma humilde dispersão desconfiada, uma natureza apenas transformada, modestamente, e até onde chegam os meios mesquinhos e a pouca ambição do homem resignado. Queiramos ou não, isto é assim: nem cidades, nem vilas... muitas aldeias pitorescas, dispersas no abandono de uma natureza que se não fez portentosa ao contacto com a luta diária para torná-la humana. Apenas um desespero morno de subsistir, teimosamente, por hábito de estar ali, até ao dia em que, de saco às costas, se parte para o Eldorado: os escravos da África, a pimenta da Índia, o ouro e a prata das Américas, o açúcar do Brasil...

Também como nós a Inglaterra e a Espanha se prolongaram no Mundo. Somos três povos cujas línguas são faladas por milhões. Eu não acredito, senão muito relativamente, na fatalidade da história. A história parece-nos fatal, como o nosso passado, o que já foi, já se fez, não pode ser refeito. Mas a história, tal como a nossa vida, é um presente constante, em que o passado se transforma e ilumina ao impulso da nossa actualidade, e em que o futuro se forja nos erros que cometermos. A história da Inglaterra, tão sangrenta e sombria, é a de uma longa, hesitante e demorada marcha para a liberdade, para a segurança do indivíduo como tal. Nenhuma história de nação moderna será talvez tão profundamente isso mesmo. Mas, se não acredito na fatalidade da história, e me inclino confessadamente para uma visão providencialista dela, não menos, por isso, me entristece o quanto se perde, a dissipação dos esforços que a nossa liberdade de escolha, como homens, não determina como cidadãos. A nossa situação portuguesa de criadores de nações não se assemelha, porém, a da Espanha e da Inglaterra. Aquela sobrevive como o núcleo central de que se cindiram países; esta organiza a sua vida no âmbito de uma comunidade de interesses, e não de retóricas separadas pela imensidade do Atlântico, dos hemisférios, dos climas. De cada vez que se revisita a Inglaterra se nota mais marcada a transição imperial. E a profusão de povos e de raças que se acotovelam nas ruas de Londres, ou acorrem às universidades britânicas, procura não só a ciência e o estilo de uma civilização que às vezes só lhes fora mostrada em ressonância de Kipling, mas também a madre financeira e económica de que os seus países dependem ainda. Não dependerão, talvez, por muito tempo. Mas criou-se, com eles, uma comunidade de usos e costumes, em que até o próprio ódio não deixará de assumir formas democráticas e britânicas.

Mas, ao passear com amigos, deslumbrado, pelas velhas naves da Catedral de Santo Albano, ao percorrer as ruas e os colégios de Cambridge, ao sentir na capela do King's College uma como que iluminação que nem a capela de Windsor ou Westminster, ou Durham, me haviam dado, creio ter compreendido, e revivido também, o encantamento da minha primeira visita a Inglaterra. O que há de escala magnífica em tudo, e nos pode fascinar, não é bem a raiz disto. Nem o é também a peculiar atmosfera, o mixto de sol e de bruma, de verdura e de cores quentes, ou a brancura álgida do calcáreo de Portland, tão frio e fantástico como as escarpas de Dover. Não. E permito-me dar a palavra ao grande poeta da língua portuguesa que é Manuel Bandeira, que tive o gosto e a honra de ir abraçar em Londres. Numa breve crónica, ele conta a visita que fez comigo a Westminster Abbey.

Eu não me atrevo a fazer minhas estas palavras de Manuel Bandeira. Primeiro, porque nada tenho com a política brasileira, não é aquela a minha aldeia; e em segundo lugar, porque não sou um poeta de setenta anos gloriosos, escrevendo do outro lado do Atlântico. E, de resto, eu vim aqui, ao Instituto Britânico em Portugal, desfiar algumas impressões da Inglaterra. Sei bem como as desfiei devaneadoramente, abandonando-me ao fio das ideias, das lembranças, das inquietações, deixando em suspenso muitas coisas, não contando quase nada do que costuma constituir o suco risonho destas palestras amenas. A culpa não é inteiramente minha, se me é difícil ser ameno. E, neste oásis britânico, eu não me atreveria — um pouco para sentir-me *lá*, e um pouco por sabê-lo *cá* — às piruetas de fúria, com que costumo, às vezes, por escrito, arreliar-me e aos outros. De resto, eu quereria que, comigo, partilhassem da serena confiança, da lúcida perspicácia, do inabalável e às vezes irresponsável senso comum, que são timbre do que poderíamos chamar civilização britânica. Uma civilização é sempre, de uma maneira ou de outra, uma forma de egoísmo ou, pelo menos, como diria Stendhal, de egotismo ... E as civilizações excedem-se sempre, sublimam-se, tornam-se ecuménicas e humanas, naquela hora, que sempre chega, de começarem a decair... Decair com e em quê? Mas ... até nos outros — naqueles que nela não foram nados nem criados. Eu creio que é isto a maior glória de um país e de um povo — bem maior que a de se sentirem com eles os turistas, ou de habituarem-se a morar com eles quem lá reside.

Perdoai se esta revisita a que quiseste ser conduzido por mim, saiu como que um passeio peco e nebuloso ... Imaginai, por exemplo, uma noite de nevoeiro em Londres, a City, ao sábado, enfim, assim qualquer coisa ao mesmo tempo britânica e vazia. Será talvez uma imagem justa. Regressado da Inglaterra que amo como Inglaterra e como Europa, não ambiciono afinal mais que comunicar-vos uma angustiosa sensação de vazio.

Tenho dito.

APÊNDICE

VI A RAINHA

Alberto de Lacerda não foi o único português que tive a fortuna de encontrar em Londres.

Dias depois de minha chegada à Inglaterra tive o raro prazer de estreitar nos braços, comovidamente, o Jorge de Sena.

Claro que de nome já o conhecia bem, desde uma nota crítica escrita por ele para a revista *Inquérito* a propósito do estudo que Casais Monteiro fez de minha poesia. Depois veio a oportunidade de admirar o dramaturgo de *O Indesejado*, o poeta de *As Evidências,* para só citar duas obras-primas de sua bagagem de escritor.

Esse engenheiro-poeta é um homem que tem a paixão da história ... Mas de que é que ele não tem paixão? Música, artes plásticas, de tudo ele entende, tudo ele estuda, e como tem uma memória de anjo, a sua conversa é repleta de sabedoria e informação.

Que sorte tê-lo por cicerone em duas ocasiões: visitando a National Portrait Gallery e a Abadia de Westminster.

O dia de Westminster foi um dos que mais me impressionaram em Londres. Parar junto ao túmulo de Elizabeth, reparar (graças à advertência de Jorge de Sena) no anel que a rainha deu ao seu favorito Essex, depois parar junto ao túmulo de Maria Stuart, olhar de longe o túmulo de Chaucer... Não nomeemos mais ninguém. Sena disse excelentemente: Westminster é como um convento de Batalha que tivesse dentro um Cemitério dos Prazeres.

A introdução desta crónica me levou longe, e o que eu quero sobretudo contar foi a nossa *chance* de chegar à Abadia na hora em que devia passar a rainha Elizabeth. Eram onze horas e dez minutos. A soberana devia inaugurar ali perto, em Westminster Hall, às onze horas e trinta minutos, a Conferência Interparlamentar. Pois até às onze horas e vinte e sete minutos o trânsito se fez livremente: pedestres de um lado para outro das ruas, autos e ónibus em todas as direcções. Só um guarda-sinaleiro estava todo o tempo de olho atento ao fim da avenida onde deveria apontar o automóvel real. Quando o avistou estendeu o braço interrompendo o trânsito e segundos depois passavam três autos, no primeiro dos quais vinha a rainha tendo à sua esquerda o marido. Nada de batedores em motocicleta arrebentando os tímpanos da gente com o silvo diabólico das sereias. Nada de soldado nem a cavalo nem a pé. O povo, à beira do meio-fio, não gritou nem bateu palmas, apenas acenou com a mão, ao que a rainha correspondia acenando também. Que simplicidade, que seriedade, que dignidade! Imediatamente após a passagem da rainha restabeleceu-se o trânsito.

Tomo a liberdade de dedicar esta crónica ao Excelentíssimo Presidente Kubitschek, ao honrado Chefe de Polícia do Distrito Federal, aos vários dignos chefes das Inspectorias de Trânsito de todo o Brasil, sobretudo do Rio, e às outras consideráveis personagens a quem interessar possa esse episódio edificante.

9 de Outubro de 1957.

> Manuel Bandeira — crónica. Publicada in *Jornal do Brasil*, de 9 de Outubro de 1957, foi depois incluída em *Poesia e Prosa — Flauta do Brasil*, vol. II, Rio de Janeiro, José Aguilar, L.ᵈᵃ, 1958.

NOTAS BIBLIOGRÁFICAS

Viagem à volta da Literatura Inglesa ... — conferência realizada em 22 de Maio de 1953, no Instituto Britânico do Porto, a convite da Associação Luso-Britânica do Porto.

Parte desta conferência foi transformada mais tarde num artigo que, com alterações, foi publicado no suplemento *Artes e Letras* do *Diário de Notícias*, de 15 de Agosto de 1957, precisamente na altura em que Jorge de Sena iniciava a sua segunda longa estadia na Inglaterra.

Este artigo começava no terceiro período do texto original da conferência que é o que aqui reproduzimos, e reduzia-a a cerca de um quarto. As alterações que o texto sofreu assinalamo-los com parêntesis recto e o final do artigo inseria-se a seguir ao último parêntesis recto. [Duas ou três pessoas? Vinte?]: «*Enfim, esta viagem vai longa, e eu não quero maçar mais os meus leitores cultos com a citação de nomes e circunstâncias que, dada a sua vivência profunda da literatura inglesa, não podem deixar de honestamente ignorar. Ignorar não é vergonha nenhuma. Vergonha é não ter consciência culta em que a ignorância faça as vezes do resto... daquele resto que, precisamente, oh arrelia, constitui a cultura. Inclusivamente, por estranho que pareça, essa entidade perfeitamente metafísica — a cultura portuguesa. Entidade que partilha com o objecto virtual de Lichtenberger a definição exemplar: "uma faca sem lâmina a que falta o cabo". Pois abramos com ela as folhas dos livros ingleses que todos vamos ler... Tranquilize-se o leitor: os livros ingleses, mesmo brochados, têm sempre as folhas guilhotinadas. Grande homem o Dr. Guillotin!*»

O poema de Stephen Spender que, em tradução, termina a conferência, foi publicado em *Poesia do Século XX* (De Thomas Hardy a C. V. Cattaneo) que constitui o 3.º volume de *Poesia de Vinte e Seis Séculos*, p. 444, Ed. Inova, Porto, Julho de 1978.

Cartas de Londres — emitidas pela BBC, de Londres, às dezanove horas e trinta minutos, no Programa de Língua Portuguesa (1.ª em 17 de Outubro de 1952; 2.ª em 24 de Outubro de 1952; 3.ª em 7 de Novembro de 1952; 4.ª em 14 de Novembro de 1952; 5.ª em 21 de Novembro de 1952; 6.ª em 28 de Novembro de 1952).

Inglaterra revisitada — conferência igualmente realizada no Instituto Britânico do Porto, a convite da Associação Luso-Británica, em 15 de Janeiro de 1958.

BIBLIOGRAFIA DE JORGE DE SENA

POESIA:

Perseguição — Lisboa, 1942.
Coroa da Terra — Porto, 1946.
Pedra Filosofal — Lisboa, 1950.
As Evidências — Lisboa, 1955.
Fidelidade — Lisboa, 1958.
Post-Scriptum-I, in Poesia-I.
Poesia-I (Perseguição, Coroa da Terra, Pedra Filosofal, As Evidências, e o volume inédito *Post-Scriptum)* — Lisboa, 1961, 2.ª ed., 1977; 3.ª ed., no prelo.
Metamorfoses, seguidas de *Quatro Sonetos e Afrodite Anadiómena,* Lisboa, 1963.
Arte de Música — Lisboa, 1968.
Peregrinatio ad Loca Infecta — Lisboa, 1969.
90 e mais Quatro Poemas de Constantino Cavafy (tradução, prefácio, comentários e notas) — Porto, 1970.
Poesia de Vinte e Seis Séculos: I — De Arquiloco a Calderón; II — De Bashó a Nietzsche (tradução, prefácio e notas) — Porto, 1972.
Exorcismos — Lisboa, 1972.
Trinta Anos de Poesia (antologia) — Porto, 1972; 2.ª ed., Lisboa, 1984.
Camões Dirige-se aos Seus Contemporâneos (textos e um poema inédito) — Porto, 1973.
Esorcismi, ed. «bilingue» português-italiano, Milão, 1974.
Conheço o Sal ... e Outros Poemas — Lisboa, 1974.
Sobre Esta Praia — Porto, 1977; ed. «bilingue» português/inglês, Santa Bárbara, 1979.
Poesia-II (Fidelidades, Metamorfoses, Arte de Música) — Lisboa, 1978.
Poesia-III (Peregrinatio ad loca infecta, Exorcismos, Camões Dirige-se aos Seus Contemporâneos, Conheço o Sal ... e Outros Poemas, Sobre Esta Praia) — Lisboa, 1978.
Poesia do Século XX, de Thomas Hardy a C. V. Cattaneo (prefácio, tradução e notas) — Porto, 1978.
Quarenta Anos de Servidão — Lisboa, 1979; 2.ª ed., revista, 1982.
80 Poemas de Emily Dickinson (tradução e apresentação) — Lisboa, 1979.
Sequências — Lisboa, 1980.

In Crete with the Minotaur and Other Poems, ed. «bilingue» português-inglês, Providence, 1980.
Visão Perpétua — Lisboa, 1982.
Post-Scriptum-II (2 vols.) — a publicar.
Dedicácias — a publicar.

TEATRO:

O Indesejado (António, Rei), tragédia em quatro actos, em verso — Porto, 1951; 2.ª ed., Porto, 1974.
Amparo de Mãe, peça em um acto — «Unicórnio», 1951.
Ulisseia Adúltera, farsa em um acto — «Tricórnio», 1952.
Amparo de Mãe e Mais Cinco Peças em Um Acto — Lisboa, 1974.

FICÇÃO:

Andanças do Demónio, contos — Lisboa, 1960.
A Noite que Fora de Natal, conto — Lisboa, 1961.
Novas Andanças do Demónio, contos — Lisboa, 1966.
Os Grão-Capitães, contos — Lisboa, 1976; 2.ª ed., 1979; 3.ª ed., 1982; 4.ª ed., 1985.
Sinais de Fogo, romance — Lisboa, 1979; 2.ª ed., Lisboa, 1980; 3.ª ed., 1985.
O Físico Prodigioso, novela — Lisboa, 1977; 2.ª ed., Lisboa, 1980; 3.ª ed., Lisboa, 1983.
Antigas e Novas Andanças do Demónio (ed. conjunta e revista), Lisboa, 1978; 2.ª ed., Lisboa, 1981; ed. «book clube», Lisboa, 1982.
Génesis, contos — Lisboa, 1983.

OBRAS CRÍTICAS DE HISTÓRIA GERAL, CULTURAL OU LITERÁRIA, EM VOLUME OU SEPARATA:

O Dogma da Trindade Poética — (Rimbaud) — Lisboa, 1942.
Fernando Pessoa — Páginas de Doutrina Estética (selecção, prefácio e notas) — Lisboa, 1946-1947 (esgotado); 2.ª ed.
Florbela Espanca — Porto, 1947.
Gomes Leal, em «Perspectivas da Literatura Portuguesa do Século XIX» — Lisboa, 1950.
A Poesia de Camões, ensaio de revelação da dialéctica camoniana — Lisboa, 1951.
Tentativa de Um Panorama Coordenado da Literatura Portuguesa de 1901 a 1950 — «Tetracórnio», Lisboa, 1955.
Dez ensaios sobre literatura portuguesa, *Estrada Larga*, 1.º vol. — Porto, 1958.
Líricas Portuguesas, 3.ª série da Portugália Editora — selecção, prefácio e notas — Lisboa, 1958; 2.ª ed. revista e aumentada, 2 vols.: 1.º vol., Lisboa, 1975; 2.º vol., Lisboa, 1983; 1.º vol., 3.ª ed., Lisboa, 1984.
Da Poesia Portuguesa — Lisboa, 1959.
Três artigos sobre arte e sobre teatro em Portugal, *Estrada Larga*, 2.º vol. — Porto, 1960.
Nove capítulos originais constituindo um panorama geral da cultura britânica e a história da literatura moderna (1900-1960), e prefácio e notas, na *História da Literatura Inglesa*, de A. C. Ward — Lisboa, 1959-1960.

Ensaio de Uma Tipologia Literária — Assis, São Paulo, 1960.
O Poeta é Um Fingidor — Lisboa, 1961.
O Reino da Estupidez-I — Lisboa, 1961; 2.ª ed., 1979.
Três Resenhas (Fredson Bowers, Helen Gardner, T. E. Eliot) — Assis, São Paulo, 1961.
A Estrutura de «Os Lusíadas»-I — Rio de Janeiro, 1961.
La Poésie de «presença» — Bruxelas, 1961.
Seis artigos sobre literatura portuguesa e espanhola, *Estrada Larga*, 3.º vol. — Porto, 1963.
Maravilhas da Novela Inglesa (selecção, prefácio e notas) — São Paulo, 1963.
A Literatura Inglesa, história geral — São Paulo, 1963.
Os Painéis. Ditos de Nuno Gonçalves — São Paulo, 1963.
«O Príncipe» de Maquiavel e «O Capital» de Karl Marx, dois ensaios em Livros Que Abalaram o Mundo — São Paulo, 1963.
A Sextina e a Sextina de Bernardim Ribeiro — Assis, São Paulo, 1963.
A Estrutura de «Os Lusíadas»-II — Rio de Janeiro, 1964.
Sobre Sitwell e T. S. Eliot — Lisboa, 1965.
Teixeira de Pascoais — Poesia (selecção, prefácio e notas) — Rio de Janeiro, 1965, 2.ª ed., 1970.
Maneirismo e Barroquismo na Poesia Portuguesa dos Séculos XVI e XVII — Madison, 1965.
O Sangue de Átis, de François Mauriac — Lisboa, 1965.
Sistemas e Correntes Críticas — Lisboa, 1966.
Uma Canção de Camões (análise estrutural de uma tripla canção camoniana precedida de um estudo geral sobre a canção petrarquista e sobre as canções e as odes de Camões, envolvendo a questão das apócrifas) — Lisboa, 1966; 2.ª ed., 1984.
A Estrutura de «Os Lusíadas»-III e IV — Rio de Janeiro, 1967.
Estudos de História e de Cultura, 1.ª série (1.º vol., 624 páginas; 2.º vol., a sair brevemente, com os índices e a adenda e corrigenda) — «Ocidente», Lisboa, 1967.
Os Sonetos de Camões e o Soneto Quinhentista Peninsular (as questões de autoria, nas edições da obra lírica até às de Álvares da Cunha e de Faria de Sousa, revistas à luz de um critério estrutural à forma externa e da evolução do soneto quinhentista ibérico, com apêndice sobre as redondilhas em 1595-1598, e sobre as emendas introduzidas pela edição de 1898 — Lisboa, 1969; 2.ª ed., Lisboa, 1981.
A Estrutura de «Os Lusíadas» e Outros Estudos Camoneanos e de Poesia Peninsular do Século XVI — Lisboa, 1970; 2.ª ed., Lisboa, 1980.
Observações sobre «As Mãos e os Frutos», de Eugénio de Andrade — Porto, 1971.
Realism and Naturalism in Western Literatures, with some special references to Portugal and Brazil, Tulane Studies, 1971.
Camões: quelques vues nouvelles sur son épopée et sa pensée — Paris, 1972.
Camões: Novas Observações acerca da Sua Epopeia e do Seu Pensamento — Lisboa, 1972.
«Os Lusíadas» comemorados por M. de Faria e Sousa, 2 vols. — Lisboa, 1973 (introdução crítica).
Aspectos do Pensamento de Camões Através da Estrutura Linguística de «Os Lusíadas» — Lisboa, 1973.
Dialécticas da Literatura — Lisboa, 1973; 2.ª ed., ampliada, 1977, como *Dialécticas Teóricas da Literatura*.
Francisco de la Torre e D. João de Almeida — Paris, 1974.

Maquiavel e Outros Estudos — Porto, 1974.

Poemas Ingleses, de Fernando Pessoa (edição, tradução, prefácio, notas e variantes) — Lisboa, 1974; 2.ª ed., 1983.

Sobre Régio, Casais a «Presença» e Outros Afins — Porto, 1977.

O Reino da Estupidez-II — Lisboa, 1978.

O Cancioneiro de Luís Franco Correia, separata dos Arquivos do Centro Cultural Português, Paris, 1978.

Dialécticas Aplicadas da Literatura — Lisboa, 1978.

Trinta Anos de Camões (2 vols.) — Lisboa, 1980.

Fernando Pessoa & C.ª Heterónima (2 vols.) — Lisboa, 1982; 2.ª ed. (1 vol.), 1984.

Estudos sobre o Vocabulário de «Os Lusíadas» — Lisboa, 1982.

Estudos de Literatura Portuguesa, I — Lisboa, 1982.

A Poesia de Teixeira de Pascoaes (estudo prefacial, selecção e notas) — Porto, 1982.

Inglaterra Revisitada (duas palestras e seis cartas de Londres), Lisboa, 1986.

Sobre o Romance — no prelo.

CORRESPONDÊNCIA:

Jorge de Sena/Guilherme de Castilho — Lisboa, 1981.

Mécia de Sena/Jorge de Sena — Isto Tudo Que Nos Rodeia (cartas de amor) — Lisboa, 1982.

Jorge de Sena/José Régio — no prelo.

Jorge de Sena/Vergílio Ferreira — no prelo.

Eduardo Lourenço/Jorge de Sena — no prelo.

PREFÁCIOS CRÍTICOS A:

A Abadia do Pesadelo, de T. L. Peacock.

As Revelações da Morte, de Chestov.

O Fim de Jalna, de Mazo de la Roche.

Fiesta, de Hemingway.

Um Rapaz de Geórgia, de Erskine Caldwell.

O Entre Querido, de Evelyn Waugh.

Oriente-Expresso, de Graham Greene.

O Velho e o Mar, de Hemingway.

Condição Humana, de Malraux.

Palmeiras Bravas, de Faulkner.

Poema do Mar, de António Navarro.

Poesias Escolhidas, de Adolfo Casais Monteiro.

Teclado Universal e Outros Poemas, de Fernando Lemos.

Memórias do Capitão, de Sarmento Pimentel.

Confissões, de Jean-Jacques Rousseau.

Poesias Completas, de António Gedeão.

Poesia (1957-1968), de Hélder Macedo.

Manifestos do Surrealismo, de André Breton.

Cantos de Maldoror, de Lautréamont.

Rimas de Camões, comentadas por Faria e Sousa.

A Terra de Meu Pai, de Alexandre Pinheiro Torres.

Camões — Some Poems, trad. de Jonathan Griffin.

Qvybyrycas, de Frey Ioannes Garabatus.

ÍNDICE

INTRODUÇÃO	9
VIAGEM À VOLTA DA LITERATURA INGLESA COM ALGUMAS INCIDÊNCIAS SOBRE A SITUAÇÃO DA CULTURA	13
PRIMEIRA CARTA	27
SEGUNDA CARTA	33
TERCEIRA CARTA	39
QUARTA CARTA	45
QUINTA CARTA	51
SEXTA CARTA	57
INGLATERRA REVISITADA	63
APÊNDICE	73
NOTAS BIBLIOGRÁFICAS	75

Composto e impresso
por Guide - Artes Gráficas, L.da
para
EDIÇÕES 70, L.DA,
em Fevereiro de 1986

Depósito legal n.º 11.495/86